江湖已老，她还年轻

陈友忠 著

天津出版传媒集团

天津人民出版社

图书在版编目（CIP）数据

江湖已老，她还年轻 / 陈友忠著. -- 天津：天津
人民出版社，2018.8 （2021.1重印）
ISBN 978-7-201-13903-6

Ⅰ. ①江… Ⅱ. ①陈… Ⅲ. ①随笔—作品集—中国—
当代 Ⅳ. ①I267.1

中国版本图书馆CIP数据核字（2018）第176232号

江湖已老，她还年轻
JIANGHUYILAO, TAHAINIANQING

陈友忠　著

出　　　版	天津人民出版社
出 版 人	黄　沛
地　　　址	天津市和平区西康路35号康岳大厦
邮政编码	300051
网　　　址	http://www.tjrmcbs.com
电子邮箱	tjrmcbs@126.com

责任编辑	张　凯
封面设计	Amber Design 琥珀视觉

制版印刷	三河市兴国印务有限公司
经　　　销	新华书店
开　　　本	660×960毫米　1/16
印　　　张	15.5
字　　　数	185千字
版次印次	2018年8月第1版　2021年1月第2次印刷
定　　　价	49.80元

目录

i

163   右折 人文心

左折　舞台控

1.《金锁记》:更像一场核泄漏

被原作者张爱玲称为她小说世界中"唯一的英雄"的曹七巧，原本就是个让人震撼的狠角，加上编剧的王安忆、导演的许鞍华，一切都是品质的保证。《金锁记》整台戏的制作非常精良，话剧舞台对观众视觉和听觉的迁就和照顾，始终都罩在张爱玲"酸梅汤沿着桌子一滴一滴朝下滴，像迟迟的夜漏——一滴滴，一更，二更，一年，一百年，真长，这寂寞的一刹那"那种透彻隐忍和旷世寂寞的文字表述中，剧情处理手起刀落干净利索，却饱满而富有张力。看的是2012年巡演的最后一场，第53场，所积聚的能量更像一场核泄漏。

她拥有的是"一个疯子的审慎和机智"，她那"平扁而尖利的喉咙四面割着人像剃刀片"，她的爱与恨，她的自我毁灭和病态的报复……焦媛很出戏，气场太强大，强大到所有的扭曲和乖戾都剑拔弩张，强大到舞台到处是张爱玲纯粹决绝的影子。

演出结束后的交流会，好多的女观众，肺腑直出，眼泪横飞，都是藏不住的迷恋和激动。

可是，娱乐时代，沉重的《金锁记》无法聚拢高涨人气。不要怀疑三位杰出女性的号召力，不用怪罪于焦媛和尹子维不够大牌难有明星效应，也不要埋怨市场的残酷和品位……你看大幕落下多少人仍陷在剧情中不能出来，你看多少人离开剧场时还回望那空荡荡的舞台，看这样的戏，欣赏之余，还有一种无法承受的沉重。所以，选择不看的人，其实是一种怕，"人生如戏，戏如人生"的怕，生活已经是一场悲剧，何必再去戏院欣赏悲剧？《金锁记》对曹七巧变态心理的镂刻，那刀子一般毒辣的话语，那硫酸一样毁灭的行径，舞台上她的女儿逃无可逃，台下的人，怕都是自投罗网。

曹七巧的悲凉可以同情，但她的纠缠应该不被认同。有些人，只是过客，他若无情你便休，珍惜相遇的缘分已然足够，"生命是一袭华美的袍，爬满了蚤子"，张爱玲"因为懂得，所以慈悲"，她不懂。人人都学会看化，她偏钻牛角尖，"杯具"也就注定的了，我们的唏嘘也甚至没了意义。所有的不幸福，所有的溃败，千万别只怪在姜三爷身上。尹子维的招牌表演很出彩，微博上大量的人说他的表情最讨厌，他的笑容最坏，所以连喜欢他都要不好意思。看来，他既是沉重的辐射源，也是轻松的聚拢点。

2.刘晓庆：江湖已老，她还年轻

2012年6月24日晚，看完话剧《风华绝代》，我终于喘了口气，替刘晓庆，也替自己。

她的自信毋庸置疑，但是毕竟年龄摆在那儿，时间摆在那儿。因为太喜欢，所以我紧张。3月才结束"隋唐英雄"和"大红灯笼"，3月11日才进剧组，4月11日就开始北京首演。只有短短一个月的排练，演赛金花那么传奇的女人，台词量那么大，她真能吃得消？看她进组前在微博感叹"我的天，光是想一想就得把人吓死"，看她"排练昏天黑地，一直忐忑不安，吃不下饭睡不着觉"以及"全国首演，我紧张得魂飞魄散"的自白，我也开始条件反射地紧张。都说最适合她的戏，可别演砸了，哪怕是一句台词出错，哪怕是一个身段闪失，真的不可以，不可以让喜欢的人遗憾，不可以让起哄的人笑话。于是，从北京到上海到福建到广州……我一次次去她微博巡视，一次次暗暗为她鼓劲，一次次悄悄为她击掌。

风里来雨里去，几十年不但屹立不倒反而愈发耀眼的她，征服我的，不单是她的美貌、她的演技，更是她的品格。她的率性、真诚、热烈、果敢，我感受得到，我膜拜。她是我的女神。1988年我第一次上北京，还是学生的我，没来由地就想去找她；2004年深圳看《金大班的最后一夜》，我和一大帮她的粉丝被挡在休息室门口怅然若失；这次，我有条件去找她合影签名，我却放弃了，因为，情怯！年纪大了，懂得将爱埋藏于心则可，可是一落笔，我又无法掩饰。

无法掩饰那晚的心疼，她是感冒打点滴还坚持上台的，本来就不太适合演话剧的声带，好像都快磨破。无法掩饰那晚的担忧，她应该还有点头晕吧，大起大落急管繁弦处，真怕她一走神透不过气，缓不过劲，接不上词。越想像庖丁解牛将戏看仔细越看不踏实，占据头排位置看得真切却分不清刘晓庆还是赛金花。喜欢一个人会心乱，好吧，乱吧乱吧，何必理。一直捏把汗，及至谢幕，及至散场，才十分清醒地知道汗白捏了，耳边飘过的，都是"敬重、美丽、功力"这样的字眼。

　　"活力四射、光彩夺人"这样的词虽然有点土，但用在光芒由内而外的刘晓庆身上再恰如其分不过。不用管"赛二爷芳龄几何"，不用管"用什么香水，擦什么头油"，举手投足，嬉笑怒骂中，她的戏味、她的分量，粉雕玉琢，浑然天成。

　　慈禧与赛金花，一个在朝一个在野，刘晓庆在庙堂也在江湖，她崇尚呕心沥血地工作，然后痛快淋漓地休息，只是，说到底，这戏还要在国内外巡演一年呢，我还会继续紧张，但艰难使她玉成，所以我相信，江湖已老，她还年轻。

3.《七月与安生》：七月流火，何处安生

看《七月与安生》的初衷，是因为女儿。她是安妮宝贝控，爱那个喝白水、穿棉布裙子，到处流浪的小清新范，作文也是安妮宝贝那种文艺腔，优美却有些语无伦次与语焉不详。这曾经让我着急，因为就像戏里安生的老师批评她的作文一样，那种表达的跳跃与混乱、思维的模糊与自我，完全不是应试型的。只是，想着当年我们这一代，也是一路跟着文艺琼瑶走来的，也就释然。

倒是真没想到会喜欢上这台《七月与安生》。感觉已经好久没有戏看，可喜《七月与安生》一出，场外叫好声一片，场内感动的泪水涟涟。"好"与"感动"这种贫乏的语言，最对不起，也最对得起这样的戏。爱与爱带来的伤害，生命的疼痛，灵魂的无所依归……一开始就是剑拔弩张的戏剧冲突，一下就入戏了，全场的专注也就理所当然。舒心的改编真的好，既弥漫安妮宝贝的气息，又干净利落针针见血，拳拳到肉。温的凉的，热的冷的，沐风栉雨和引吭高歌，率性随心挥洒自如，无拘无束水到渠成。安妮宝贝不同意宁财神来改编是对的，她和他，应该属于戏里的生和阿潘，融汇不到一块儿。而她和舒心，虽不能比作七月与安生，但毕竟更能相通。

掌声之外，是轻笑，是叹息，还有啜泣。争与不争，宿命与轮回，甚至是那博爱的苦衷，不同的人相同的眼泪，相同的眼泪不同的味道。这样的牵惹，是这戏带出的蛊惑，也是生命本源的需要。所有顾影自怜的泪水，或落在七月的西藏圣湖，或落在安生的黄河壶口，不同的境

遇，不同的疼痛。而疼痛中的抚慰，是戏和人生的一种通灵，夏花绚烂，秋叶静美，各有来路，各有归处，唏嘘之后，所有无言的结局，或能了然于心。

羽泉"没有留不下的青春，没有回不去的过往，让我痛苦的，让我思念的，还是不是那个姑娘"的歌声尚未走远，戏里江一燕自弹自唱的"爱情香烟，抽得我透不过气，眼泪掉下来，有谁会明白，因为我的爱已经不再，他不会回来"却已袭来，让人迷离，迷离得以为这是一出爱情的戏。但如果只是两个互为影子的女孩争夺一个优质文艺男，那不过是狗血。大家看得，累并享受着，这应是生命的一次审视，是灵魂的一次叩问。

喧闹中永远内心孤独的安妮宝贝，她的七月与安生，是两个关于成长和遇见的符号，个中的情谊和叛逆、温暖和伤痛……我们的曾经，平常的过往，不经意的一幕幕，被她撺掇得如此灵动饱满。

家明也许不过是她们共同的过客，但我更认为他们三位一体，他们是安妮宝贝完美生命理想的多棱镜。可以欣赏安生的诡异与灿烂，也可以可怜七月被安生的矫情燃烧折磨拖累，甚至可以拿主席"不以结婚为目的的恋爱都是耍流氓"的名言去谴责家明的严重摇摆与举棋不定……但，这里面，哪一个不栖息在我们的灵魂？嗤之以鼻或甘之如饴，没有绝对，只有纠结。

作为过客符号的男人，我主动交代我是被家明那种被选择的无辜博爱罪带出一圈小眼泪的。这个角色注定不讨喜，家明几乎无所作为的表现，是最好的处理。

七月流火，天气再不转凉也必定渐凉。一样，再热烈的生命也要面临戛然而止的销蚀。相比于爱情，人的处境和生命价值更是每瓣心尖上的茂茂霜雪，即便不在痛苦和无聊间摇摆，也必定在批判和梦想中煎熬。这戏让我们走过回忆，更记得存在。万物花开有时，无处告别有时，林白讲"八月里我是瓶中的水"，八月快走过的时候，奇峰突起来这么一出《七月与安生》，刮骨疗伤的镜面中，一滴水的放逐或死守，何处安生？我们都渴求人性的自由表现和对现世存在的超越，我们又不得不与芸芸众生融为一体，与虚伪的生活同流合污……

说安妮宝贝的戏，拿点文艺腔，必须的。

4.《暗恋·桃花源》：不老的暗恋，涅槃的桃花

因为某吃货元帅要请《暗恋·桃花源》某吃货大佬消夜，于是我这吃货先锋平白当起了向导。晚上10点半，戏落幕，人会合。看完戏的人们，以剧院为原点，泛出道道幸福涟漪，我们这一道泛到了蛇口的渔人码头。面向大海，白酒海鲜，披星戴月，好风如水，正惊奇遇见又一处桃花源，正惬意着又一村，突然间就乌云过顶，来不及搬走满桌酒菜，撑起几把伞，沐风栉雨了几分钟。当年，赖声川正是在纷乱与秩序中孕育出巧妙缜密的灵感，才成全了《暗恋·桃花源》这种颠覆成的经典。难道，是夜的渔人码头，是另一场《暗恋》与《桃花源》的交汇？吃货大佬感叹这种美好完全无法表达，于是他放弃本来预备接着赴会的另一个现场。

但那头大腕云集，于是我们还是间插窥探了微博直播。

那是行者孙冕的局。老爷子说带着泪光走出剧院，望见一轮明月想起许多事，悲从中来，再次被云之凡"你看我们周围的人，哪一个不是千疮百孔"那话击穿，搞不清是在戏内还是戏外。老爷子的感性，完全不让《暗恋》江滨柳。另一个早已贴上江滨柳标签的黄磊，一如既往是他的悄怆幽邃："冕哥此刻坐在我身边，面前一杯茶。这是我们相识多年头一遭没有对饮。他眼中似乎还有泪光。"微博往前追溯，老爷子说这是第三次去看这戏，皆因戏告诉他，有时一错，就是一生。恍惚间，仿佛又一台《暗恋》正在上演，仿佛有"剧终没有喜悦，我仍然躲在你的梦里面"的歌声飘过。哥哥也有"比暗恋更黑暗"的歌，人生那朵

白色的山茶花面前，无解以及不必有解也许是一种黑暗的美好，黑暗无边，暗恋不老。

于是吧，《暗恋·桃花源》从1986年台湾首演至今，一直轰动，一版又一版，一浪又一浪，像老爷子那样看了又看的大有人在，我也看过四版。就那么简单两个故事，分分合合便道尽人之一生，道尽人生之种切，随便置换一下时空，搁谁身上，一样的情感经验、一样的意识愿望、一样的精神诉求。人生随处套中套、戏中戏，"暗恋"和"桃花源"只是两个各自正在赶工的剧组，他们阴差阳错被安排在同一个舞台排练……貌似荒诞滑稽，却是无处不在的生活玩笑，人人心知肚明，任何负面伤痛都是人生之必修。幸而一次次"放轻松"之后，一地鸡毛的现实中恐怕连做梦都难梦到的桃花源，那样的乐园，那样的幻境，会呈现。所以何炅为满台的桃花又这样回来叫好的时候，我必须牵强附会起传说的凤凰，背负仇恨恩怨浴火自焚，又带着祥和幸福重生。赖声川这样的高级试味师，"戏耍而有益于正，亵狎而无叛乎经"，口感既是他自己的也是普罗大众的，既优雅又流俗，于是他才能让他的桃花涅槃。

5.《三人行不行》：凡·高的向日葵，塞尚的苹果

台湾李国修的屏风剧《三人行不行》，90分钟下来，"3个演员，30个角色，3秒转换，倒数10秒，必须有笑"的效果达到了，就连台上演员也没HOLD住，一个接一个都忍不住笑场，幸好是泄露内心与外现的喜剧，所以笑场也可以顺为剧情。小剧场，也许要的就是不让你觉得在看演出，而是在街边看一场闹剧。

必须承认，本土化移植后北京什刹海三结义那段，三个人坐在三张椅子上的不动声色，却呈现出慌乱与疏离的兵荒马乱，这个很有戏剧张力。其他的桥段，穿越跳跃，混乱张皇中的人生百态，也还生活写照也还现实折射。一个无序喜剧，能撞击到人或人心，不是太容易。

台下不断有掌声，更重要的是，剧场几乎满座。这的确是很可喜的现象，必须祝贺。也必须再次为小剧场演员的表演喝彩，没有足够科班功底不可能那么能折腾，小剧场表演上的任何细节，纤毫毕现，更何况平均每人10个角色的切换，确实不简单。

网络而今也流行一秒之内变格格，一秒之内变修女的，各变各，各自欢腾。"这个世界之大能让你完全把自己洗没了，在一个陌生的环境里，我可以重新塑造一遍我自己，没有什么是不会改变的，我上一个角色已经演完了，这是我接的新戏"——韩寒"和世界谈谈"的原话，套用一下，演员几近虚脱的癫狂表演引诱观众的笑声和制造纠结，观众就跟着那三人，或行或不行地不停演绎自己的新角色。礼崩乐坏的现实，舞台上下当可沆瀣一气。

《三人行不行》1987年至2011年历时24年的演绎，必须承认它的原创，承认它的典范。所以我告诉自己，先前看的太多先锋和实验，太多的所谓创意，原来竟是借鉴或抄袭于它。不能怪它不新鲜，只能怪别人捷足先登，先发制人。

　　只是，所谓一切姿态、动作和人物性格都不需要布景的象征，以及象征符号下充当语言的所谓的形体造型，还有不断闪回的慢动作和复原的快动作，还有诸如有人尿尿、有人接水刷牙之类的重口味，等等种种切切，当今的话剧舞台，实在太一窝蜂太不独特了，完全失却了话剧的要义。许多七拼八凑的小品合集，借了话剧的壳，却没有小品的滑稽幽默与笑料百出，也没有话剧的透彻深刻和隽永悠长。包袱虽多却纯粹娱乐，结构松散，故事局促，情节突兀。还有，几张椅子加一些杂物就是舞美道具，作为一台戏，形式感也忒单薄草率了些……这些，貌似竟都已演变成一种舞台恶俗。

　　很多观众朋友特别是小朋友笑到要流鼻血，我却虚不受补干着急，笑点太高不合时宜，我检讨我被太多似曾相识的桥段和屡见不鲜的自鸣得意弄得比较无趣。余光中讲，"塞尚的苹果是冷的，凡·高的向日葵是热的"，适配是一种内心感觉，也许，这戏本身真是好的，于他人，它是凡·高的向日葵，但于我，却是塞尚的苹果。

6.《情话紫钗》：冷眼看炎凉，热酒参风月

古今两段情，暗通款曲一般意，但我见到的，却有三个霍小玉。

《情话紫钗》是台好戏。毛俊辉真诚温暖、老实传统、讥诮先锋的导演风格，加上庄文强和麦兆辉的联合文本和叶锦添的形象服装设计，好看，粤港味扑鼻。戏的情貌气质，分明也是一个霍小玉。还有戏的遭际，让见惯纯正京话的首都人民惊艳不出奇，就像霍小玉与李益的相见恨晚，在深圳遭遇尴尬也像霍小玉离别李益的寂寞寥落，也许，下一站，假如是广州，如果宣传策略更对味，完全可能收获和霍小玉一样的剑合钗圆。

边看边不由自主去对比同样混搭的《暗恋·桃花源》，也许"桃花"不断摩擦碰撞并不时吼一嗓子的做派，比起"紫钗"一味的对应迭现更为给力，也许是越剧相比粤剧更受众，也许是后者的明星气场更强大……总之，同样众口铄金，前者略嫌黏糊迷乱，后者的清新轻松更让人受落。

当然了，《情话紫钗》也有铁粉，譬如前几排一帮粤港师奶，据说就是从北京追到深圳，一边看一边评议演员比在北京放得开。但奇怪的是，她们貌似都只是冲着粤曲而来，掌声只在每次的曲起曲落响起。结局那段《剑合钗圆》，现场的热烈，让戏提前到达高潮，以致其他的尾声，有些萧索。

戏本身是个霍小玉，和她遇见，我应该就是她的黄衫客，这样的自觉，让"冷眼看炎凉，热酒参风月"成为必须。

欣赏毛俊辉"爱是一项决心、一项判断、更是一项承诺"的说法，也从来不喜欢"我们思量太久，早就不配拥有爱情"的腔调，自问也不是不相信爱情，但分明是过了信奉爱情的年龄。人到中年，大体就把爱情得罪了，就如舞台个案里那对夫妻的重复再重复，总觉得满台都是情爱的昏话，站在重复的日子，看谈情说爱，比较残酷，比较滑稽，比较忐忑。而且觉得，没有经济基础的爱情理所当然要经不起烟火的折腾，没能力吟风弄月，就不能爱情。

　　现代霍小玉遇见的黄衫客无疑比较低俗，他口口声声给爱情买保险，因为难得有索赔。至于舞台的所有现代男女，爱和性，全被赤裸裸掰开揉碎，口水横飞一眼到底。我想我还是比较喜欢轻描淡写与雾里看花，月朦胧鸟朦胧最好。同样是一见钟情或一夜情的诱因，拾钗多美啊，捡个手机啥玩意？古典含蓄的美，是意境，是氛围，无论对于因性而爱的男人，还是因爱而性的女人。

7.《四世同堂》：没有兵马的兵荒马乱更走心入肺

　　早在2010年11月，田沁鑫导演的明星版《四世同堂》头次来深圳演出，满城轰动，一票难求。这个3月，深圳又是新一轮全国巡演的广东第一站，即便黄磊、秦海璐、朱媛媛、陶虹都未见亮相，即便拿掉了说书人的环节，不是明星版的话剧《四世同堂》，依然盛况空前。

　　台上，3个小时内老舍85万字小说中该有的人物和情节都没缺。历史、市井文化、人性……老舍最值得每一代中国人咀嚼的味道全都电光火石一般，烛照着观众的内心。传统戏剧的那种写意，寥寥几笔的素描，丝毫未损原著的精髓，丝毫未见结构的不严谨，未见仓促，未见造作，只有惊喜，只有叹服。这便是田沁鑫的新现实主义艺术功力，不禁囿于传统现实主义那种侧重人物关系的表达，更注重借用现代技术手段营造间离效果来呈现人物的内心。于是，三个晚上也演不完的故事，蜻蜓点水却一矢中的一蹴而就。诸如急促的黄包车串联起沦陷混乱情景和日本鬼子杀人场面的舞台调度，这种新现实主义就像陈丹青说的"街上没有兵马，但是兵荒马乱"，没有兵马的兵荒马乱更走心入肺，更叫人心里万马奔腾。田沁鑫的文化坚持和不向潮流妥协，更是一种有根有据的创新。

　　看过两版被改编成的电视剧，认知度和情感共鸣最深切的《四世同堂》成了情结。话剧舞台的小羊圈胡同，为什么反而是配角钱家居中？因为书香为上？抗争为上？但老舍又为什么让书香姓钱？钱为本？居左的祁家，是不是齐家的谐音？做正路生意兼教书育人，修身齐家为本，中庸只属无奈。居右的是狐朋狗党沆瀣一气的冠家，官样人家？狐假虎威却终究依附与沦亡……这样的舞美设计一定也独具匠心。边看边有推陈出新的心得体会，所以原谅我觉得现场此起彼伏的咳嗽声刺耳，原谅我在那种命运破门而入的无助下对现场莫名其妙的轻佻笑声起了厌恶。当然，诸如"这年头钱不是钱，只有房子才是货真价实的产业"，"这找人托关系啊，上上下下油水都要分着点儿，事半功倍"，"扛住，先扛住"，"你们都不了解我"这种影射现代痼疾的台词获得热烈掌声，是该会心一笑。

这几年现实主义功力不够的泛娱乐化话剧舞台其实也一路兵荒马乱来着，所谓先锋的不断冲锋陷阵，你却不知道主将重兵在哪里。诚然盛世的艺术风格无限多元，让人的审美趣味和审美期待刁钻难以伺候，但无疑，像田沁鑫这种"没有狂野和肆意想象力的光芒就不要做了"的舞台，更细腻，更沉静，更敏锐，更老练，更值得追捧。

8.《宝岛一村》：热热的包子，满满的温暖

"谢谢您的观赏，这颗热热的包子，希望能带给您满满的温暖……"大部头不用大明星，大年代无须大场面，土包子的乡土品相，小人物的家常便饭……然而观众HOLD住满满的座位和三个半小时的演出，却没能HOLD住眼泪的零乱，笑声的飞扬，心灵的柔软，神经的坚硬，而最终直接抵达的，就是满满的温暖。

1949，一系列长长命运的起始。天涯陌路竟成邻里至亲，台上聚焦的是横跨半个世纪的三个家两代人，他们驻扎，他们脚步走，他们找北极星寻乡关，寻自己。时间和生命都没有答案。时代的痛，人生的迷茫，悲欢苦乐，折射的竟也都是我们的，所以甚至他们的喃喃自语，他们的吵架，都让人激灵。

《宝岛一村》真是一部话剧史诗。57年的长河，大历史下的集体轮廓和个体轨迹，更难得的是细节的饱满有力，所有的家长里短和鸡毛蒜皮，所有的起承转合和伏笔照应，都非常台湾，非常人类。边看边想同是眷村人的龙应台写的"所有的颠沛流离，最后都是由大江走向了大海"，一代人"隐忍不言的伤"，让人对生命尊严和价值越发凝视。深厚而细腻、沉重而轻松的历史感和命运感，是人都会被触发，点点滴滴都是共鸣，一节节被击中，让人饱叹个不够。

那个年代，那个岛村，时间永远是时间，地点始终是地点并且仅仅是那个地点。幸福的东西可以回忆，眷村的旧地重游太残酷，过去一个甲子的那些历史节点，永为异乡人的绝望是茨维塔耶娃说的那种"在所

有道路尽头有永恒的两个人——永远地——无法相逢"。

不同的天空，一样的伤痛和挣扎，"为什么要对你掉眼泪"唱给情人更唱给人类，情人的眼泪，更是民族和血脉的眼泪。没了就是没了，回不去了就是回不去了，"人的遭遇哪是可以估算的啊"，只愿"永远不知道什么是战争"，只愿人生于世，可以平和而简单。

若有若无的鹿奶奶与《暗恋·桃花源》穿梭在舞台寻找刘子骥的神秘女人异曲同工，灵魂的无处依归，冥冥中的定数，平常中的玄机……是生命的天问，是理想的追寻……还有"怪叔叔"永远听不懂的语言，语言有误区，语言是杀手，语言也可以是太极，我们看到的是赖声川的技巧和心志，艰难中，虚实中，人与戏，戏与人，脉络和意境，构成和催生。

于是惊觉雨后春笋一样的先锋和实验热闹但不成气候，太多的空洞和假装。还是赖声川看得明白，"表演艺术不是生意，不是娱乐，是做给所有人看的文化"。他说他"从来没有想过去准确地抓住市场，去想市场只会给创意带来更多的缺陷"。就是这样，越想得到就越得不到，越华丽越铺张可能也越肤浅越苍白，包子足够，包子就是人心，人心在，温暖就在。

9.《十三角关系》：我们是哪一角

　　台上不外四个人，一家三口外加一小三，却活活整成《十三角关系》，这是赖声川本人最精研的创意。再怎么单薄的东西，他都能弄得有质感，情节、情绪、台词、肢体、娱乐性、学者气……一招一式都是他自己的标签，却又绝对是普罗大众的口味。

　　一次次叫好又叫座的盘满钵满，看来别人只有羡慕的份了，刻意学是学不到的。从《暗恋·桃花源》那种在混乱无序中孕育出来的巧妙缜密，到《宝岛一村》那种历史长河雕刻出来的温暖和疼痛，再到《十三角关系》这样的嬉笑怒骂，赖声川有如武林之逍遥，无拘无束，随心顺意中挥洒自如，水到渠成。

　　这个世界不缺元素，不缺资源，只不过滥取滥用的功利让人迷失了方向。别人繁复的堆砌反倒失去了口碑和市场，相比赖声川擅长合理调度和优化组合的流变，轻而易举就把别人的生意经流变成自己的品位，把别人的娱乐流变为自己的文化。

　　老婆向小三下跪讨教，老公化装潜伏偷听老婆向小三取经……如此这般的剧情，一般人弄出来的，恐怕会是俗不可耐的闹剧，何况还是十几年前的老素材。然而赖声川硬是让人在阵阵爆笑中眼中泛泪，他就是有本事让戏贴着你，让戏剧的荒谬击中生活的荒谬、人性的荒谬。

　　台上花姐哈哈大笑："有什么问题吗？"台下依然嘻嘻哈哈的谢娜不认为自己在耍宝，她坚持你如果只是觉得疯癫就是没看懂。当然了，赖声川的戏，当有批判和探讨。只是我倒还觉得，真没看懂的人就真没有问题了，因为他还依然单纯。大凡看懂的人，问题就在于把简单搞复杂，搞到最原始的与生俱来的爱的能力都让自己给毁掉。"每个人都在谈爱，实际心里想的都是被爱"，"被爱"还真是"悲哀"的谐音，你在自以为是中陷入悲哀，爱无能，被爱无戏。都市的空心人，互相依靠又互相猜忌……赖声川无论怎么变，不变的是他的人文视角。

形形色色的角色剖白中，谢娜"更迷人、更性感、更销魂"的让人笑到岔气的格调，是让人回归简单的一剂良药，她有资格在台上如鱼得水，她有资格欢呼："能够让大家快乐，是多么幸福的事情。"

台上每一声笑背后，对依恋无奈的否认或通透的肯定，是不同个体的存在，不同个体的角色担当。《十三角关系》唱罢，这边网游跳出一款"十二角色带你进入唯美梦幻世界"，剑侠客、神天兵、骨精灵、龙太子、飞燕女、玄彩娥、吸血鬼、律法女娲……无从抗拒的声色犬马中，我们是哪一角？

10.崔健：因为我的骨头是蓝色

从2002年世界之窗引爆摇滚音乐节到2012年深圳湾春蚕演唱会，眨眼工夫看崔健10年了，10年他还是那样邋遢，10年他还是"我的表情多么严肃可想的是随便，我脑子里是乱七八糟可只需要简单"……

好吧，崔健之夜永远都是《时代的晚上》，我们都挤在城市的《另一个空间》，都暂时可以不做《笼中鸟》，虽然还都没能《出走》，只是《缓冲》一下成了《假行僧》，但这已足够让我们在《新长征路上的摇滚》中"撒点儿野"……

春蚕挥臂摇旗，欢呼呐喊，摇滚教父革命性的声音一次次撕心裂肺。

我们依然迷茫和没有生活主张，总想着逃离钢筋森林与茫茫人海。我们依然从困惑回到困惑，从彷徨回到彷徨。诗歌早已永垂不朽，虽然摇滚以及许多吟游诗人一般的"摇滚隐士"还都在，但是我们已经没了逆天的勇气。而今不过都是逆来顺受极尽媚俗之能事过后，偷偷摸摸在心里开一扇小窗，去重新揣摩一下摇滚的假装强悍与貌似简要。只是这一揣摩就又开始新一轮的纠结和徘徊，也许可以不颓废，可是怎么总是浮躁。崔健说不爱飞机降落那种从疯狂到无奈，我们也不爱精神到现实那种从疯狂到无奈，"现实像个石头，精神像个蛋，我们都是红旗下的蛋"。我们都成了《混子》，都等着唱《混子》的时候把"凑合"喊得叮当响。

"我不知不觉忘记了方向，我想要回到老地方，我就要走在老路上。""我想要离开，我想要存在。我想要死去之后从头再来。"崔健就这样"走过来，走过去，没有根据地"地唱着，我们多么相信，他"唱了半天，也唱不干净这城市的痛苦"。我们都是乡巴佬，还是让我们从城市滚回我们的老地方吧。面对城市，像面对被《一块红布》盖着头的《花房姑娘》，我们只能叹息自己《无能的力量》。

但我们还是竭力地喊，让对号入座、让卡拉OK、让假唱、让炒作、让身份证、让暂住证……滚蛋！所有！一切！全都滚蛋吧！原本我们《一无所有》。

我们已经被追着问"你幸福吗"，崔健依然还在高歌《一无所有》，《一无所有》总是让现场像1986年北京工体那个夜晚一般的沸腾。

当然不能没有《阳光下的梦》这样带着希望、带着新鲜气息的新歌，当然《一无所有》也不再总是作为最后的终结，最后还是要《解决》："明天的问题很多可现在只是一个，我装作和你谈正经的可被你看破，你好像无谓地笑着还伸出了手，把我的虚伪和问题一起接受……噢，我的天，我的天，新的问题，就是我和这个世界一起要被你解决。"被你解决，也许不用等到"海水成为蝴蝶，菊花成为骨头"，崔健唱，"因为我的骨头是蓝色"……

11.《撒娇女王》：撒娇最好命

5月天，从《柔软》到《撒娇女王》一样卖座，感觉却冰火两极，冬天直达夏天。同样是手术刀，《柔软》是有形的剑拔弩张，《撒娇女王》是无形的肥满滑溜，台上台下，牛骥同皂的欢型，快乐无边。"床是你的，浴缸是我的"，"桃花源"的愉悦，轻松回归。3个小时，不必坚持，只需爆笑，至于是否笑出眼泪其实不重要。谁说完全放松就不会若有所悟？谁说娱乐就没有精神滋养？

《杜拉拉》《我爱桃花》《21克拉》《武林外传》《罗密欧与祝英台》……一直追着看何念。都说他是票房蜜糖，我看他长得更像蜜糖，真诚质朴，憨厚活泼，不小资不愤世的俗世美，不装不作不高深不闷骚，不油滑但油墨又油菜，可爱活宝一个，做出来的戏，不蜜糖才怪。糖纸不精装，不花哨，糖却甜润可口，所以"何念现象"成为一种文化符号不奇怪。早在1月份，偶像派胡歌就在何念的微博嚷嚷，"作为你们的粉丝，可以提前订票吗？"年轻人趋之若鹜不出奇，就我这种人到中年的，也一样的倾情。

至于创意，我想彭浩翔不必跳脚，什么惋惜什么不姑息的，撒娇无处不在，撒娇算什么创意？算什么剽窃？关键是做出来的东西有没有料、够不够味。有意思的是，《柔软》中，彭浩翔也被詹瑞文调侃了下，一个月闪两回腰，还真《破事儿》。

在电视频道充斥着彪悍媳妇的当下，"撒娇好，撒娇的女子有糖吃。撒得好，是撒娇；撒得不好，就变成了撒野，撒泼，撒酒疯，撒哈拉，撒由娜拉……"的《撒娇女王》，很有拨乱反正力挽狂澜的风范。骄矫二气唯独不懂撒娇的女孩太多了，这样的姿态，灭掉男人有什么好？害人害己不是？一味活在自己世界想到什么做什么，不理会男人感受的女人，不珍惜眼下却成天叨念过去担忧未来的女人，还有所谓什么都可以委屈不能委屈爱情的女人……其实都是自找苦吃。撒娇是一把打开男人心门的钥匙，打得开，征服了征服世界的男人，世界还不是你女人的？

家有千金，我一直对她讲，将来遇到你爱的男人，忠诚和支持是两个基本点，温柔和娇媚是两大法宝。冷若冰霜、随心所欲、自以为是甚至女权主义，到底都是小聪明、小利益，甚至是致命的、毁灭性的。男人坚强其实脆弱，既像父亲又像儿子，骨子里其实也是企求可以撒娇的。你会撒娇，等于也让他可以撒娇，琴瑟和鸣就是这样，所以说每个撒娇女王背后都会有一个更会撒娇的国王。为什么同样是女人，有的是蜘蛛精，有的是美人鱼？撒娇最好命，男人会对你说，"你这个女人，你，太可爱了！"

12.《韩江花月夜》：弦丝袅娜，弦外扰攘

　　"有潮水的地方就有潮人，有潮人的地方就有潮乐"，这不，纯粹的潮州弦丝乐也走进保利艺术讲堂，深圳也有"韩江花月夜"。《上天梯》《寒鸦戏水》《狮子戏球》《浪淘沙》等经典弦丝暌违多年再次入耳攻心，让人欢欣。只可惜时间有限，《昭君怨》《画眉跳架》《凤求凰》都还缘悭一面。毕竟是讲堂，讲师把多数时间都安排在讲述潮州音乐的形态上。

　　儿时没什么可娱乐，巷子里大宅院，乡下祠堂，只要有弦丝响起，自然趋之若鹜。那时候见得最多的弦丝乐器是二胡，很多都是自己做的，我爸就做有一把。扬琴比较少见，我能见到的只有隔壁的隔壁王姓大宅，他们家大生小生，还有他们爸王医生、他们爷王老先生，人人都会一手。二弦是唐代遗留的乐器，二弦领奏却不叫头弦，潮语"二"通"字"，二弦也是字弦，会唱戏的人可以靠字弦导唱，无须费心背曲文，二弦宽紧徐疾、明暗浓淡中强而不噪、弱而不虚、畅而不滑、涩而不滞，丝丝入扣的深厚豪迈让人偎贴。

　　弦丝是潮州音乐五大类别之一。弦丝合奏可以"和而不同"，更可以"即兴变奏"，这是一种不事雕琢的古朴典雅，甚至弦丝的雅澹温柔都可以与雄浑粗犷的潮州大锣鼓神奇融合，行云流水与骇浪惊涛并存，狂潮掀天与燕啭莺啼齐飞，那种金石丝竹从戒律中脱跳而出的兴之所至，是常有的惊喜。

　　但讲堂见到的"即兴"却是一场意外。部分观众不满讲师讲得太

久，故意用掌声喝倒彩，打断演讲，强求演奏。

其实也可以不算意外。其一，弦丝轻快抒情的自然境界本来就产生于南音古韵的潮汕农村，格调以天趣为最，露往霜来、黄回绿转，全都自然而然，掌声喝倒彩可视为缺乏修养之陋习，也可看作性情所至的操弦促柱；其二，弦丝的一个大特点就是唐代大曲中的"虚催""实催""催拍"不同节奏型的一音三韵，摘字催、跑马催、大点细催中，我自优雅平和。

讲师缺乏经验，应变能力和控制场面的能力有待提高，不然拿这些来调侃，反而寓讲于闹变生事为互动会更出彩。隋唐绝响千秋遗韵，讲得却太平实、太烦琐，体系感不对，加上一口气下来时间太长，如能灵活穿插，合理分配，效果自然会好，毕竟观众多是来欣赏真弦实丝的。

至于报错曲目以及演奏注水，可能都是因乱所致。照理成立于1953年的潮州市民间音乐团应有相当水平，也可能对深圳潮人的欣赏水平估量不够，准备不充分吧。是为教训。但不管如何，这一步迈开，总是一个契机，一个开端。始于唐初号称"中国古典交响乐"被行家认为"保留得最完整的南韵古乐"的潮州音乐，即便没能如愿被推荐到2008年的奥运会开幕式，但与高档的演出场所，与高雅的欣赏水平，理当越来越咬弦。

13.《乌龙山伯爵》：颜色不一样的烟火

必须先行招供，《乌龙山伯爵》开场前除了清楚"开心麻花"是个舞台剧品牌，其他的，我其实一无所知。不知道曾经看过的《阿翔》等话剧都是品牌系列，不知道品牌已有8年时间而今已然光辉耀眼，不知道2011年已经在深圳爆满7场今次又是7场，不知道为什么要有谁比谁更贱的开场前游戏……许是太多先锋看疲看伤了，许是老了老了越发偏向传统话剧了。

不曾想，一开场"经济适用坟"就麻利抓人，意兴阑珊的心绪立时羽化，"活人是不会用的，死人才会用，所以才死贵死贵的"，"人死了按说是要重新投胎做人。可你说往骨灰上种棵树，你说合适吗？将来投胎做植物人啊"……各种当今最为风行的贱人贱语，才恍然大悟被我视为哗众取宠的开场前贱人游戏原来是给各种贱人出场热身的。一个卖萌犯二的善良小开，乌龙成坟地里吃了三年鲜花差点没变成蜜蜂的犀利哥，和一个"都说男人比女人猛，女人比男人狠，而我又猛又狠"的伪娘K嫂，怎一个出得厅堂的小清新入得厨房的重口味，这分明是话剧版《失恋33天》，至贱无敌，不人贱人爱才怪。最近又小红的彭浩翔有语："凡间没几个圣人，大多是些相濡以沫的贱人。"贱人表面变态，内里正派；贱人大嘴吐槽，舌吐莲花；贱人"我就是我，是颜色不一样的烟火"……张国荣的《我》居然就这么剑走偏锋成为乌龙主旋律，音效配乐出其不意擦出火花，其他诸多的不一样，也在先锋和传统之间笑开了花。

卖相不一样。完全不用靠大牌撑戏，完全靠集体力量来开辟脉象，老少爷们爱，腐女更爱，全民狂欢才是王道。汽车都能开上舞台，太劲爆了。

故事不一样。不纯粹先锋的瞎掰与虚拟，有传统的戏剧故事性，但所有爱情、死亡、阴谋、背叛、复仇的情节与悬念，不过是针砭时弊的载体。重点真不在故事，在笑出眼泪后台上台下的灵魂相通，对话天成。

台词不一样。再举一例："你比杜甫还忙啊？"城管、菲律宾警察、房地产限购、故宫失窃……热点迸发，笑点密布，各种短平快，堪比微博刷屏。以让人爆笑为己任的开心麻花，确实能让脸笑成麻花。

还有演员，还有舞蹈，还有光影特效……不一样的舞台张力，不小众不孤芳自赏。K嫂为爱整容一幕，"颜色不一样的烟火"再度回响，投影在幕布的各种砍、劈、撕手术动作，加上疑似模棱两可的热闹韩语……这条群策群力拧出来的麻花，堪比天女散花，让人叹为观止。

14.《奥涅金》：绝不多余

　　庄园主拉莉娜夫人的大女儿达吉亚娜对妹妹奥尔佳未婚夫连斯基的好友奥涅金一见钟情，而奥涅金却不屑一顾漠然回绝，并故意向奥尔佳大献殷勤。连斯基愤而与奥涅金决斗却被杀死。数年后，奥涅金与已成为格雷明公爵夫人的达吉亚娜重逢，空虚中惊觉达吉亚娜的端庄优雅，追悔莫及，遂情书示爱，曾经的文艺青年达吉亚娜五内翻腾中却当面撕碎情书决绝挥手……《奥涅金》是台戏剧芭蕾，载体是也死于为爱决斗的普希金的同名长篇诗体小说。你看不到童话芭蕾那种故作夸张的幼稚，演员精细的表情到每个脚趾尖上的韵律，流淌的是主人公内心的挣扎，完整的故事情节中，更富感染力的是人物的深层情感和人性的复杂、人格的冲突。

　　它还是台交响芭蕾，中芭现场80人组成的交响乐队，柴可夫斯基同名歌剧中《四季》组曲和部分钢琴独奏的旋律，清晰绝美，隽永悠长，烘托着柔美的肢体，传递着剧情的跌宕起伏和主人公复杂纠结的心理。

　　舞者没有一味着力于托举劈叉的双人炫技，即便还是可以看到朱妍的三十二圈单腿转，可以看到邢亮迸发的游园变奏和惊梦镜舞，但大师约翰·克兰科从严谨清晰的戏剧结构出发的编舞，特别是众多的群舞，都不是以简单情节生硬串联若干漂亮舞蹈那种芭蕾套路，不是为舞蹈而舞蹈，所有的舞步都融化在人物的情感，合理巧妙的舞蹈语汇，如水银泻地，一气呵成，更与剧情与音乐水乳交融。

　　深圳演出三个晚上，邢亮跳首尾两场的奥涅金，直至凌晨4点还在微博交流他演出愉悦的小激动和小享受，表达对舞伴指导和合作的感谢。台上尊无二上、狐不二雄、不可一世的犯二青年，台下竟也如此丁一卯二的普通青年的实诚。赞叹之余，也感悟为什么《奥涅金》可以说是全世界芭蕾演员最想跳的剧作，任何舞者都更乐意为丰满的人物形象倾注心血和创造力。

无言的舞蹈，无形的音乐，无比强烈的视听震撼。现场的屏息、掌声和欢呼，都证明了中芭《奥涅金》的成功。但是据说在深圳一连三晚的演出卖出的票不到200张，据说观众都更热衷于百看不厌的《天鹅湖》，幸亏有企业包场和客户回馈，不然冷清的场面，不仅是《奥涅金》的遗憾，更是观众的遗憾，错过对芭蕾舞剧创造境界的全新认识，应当扼腕。

奥涅金是评论家别林斯基所说的一个"多余的人"，《奥涅金》却绝不多余。也许只认《天鹅湖》不认《奥涅金》，只知童话不知诗体小说，只知童话芭蕾不知戏剧芭蕾，文化认知的落伍，跟风与从众的价值判断才真叫"奥特曼"。

《奥涅金》被誉为20世纪国际舞坛的旷世杰作，是俄罗斯斯图加特芭蕾舞团的镇团之宝，因此购买版权的条件非常严苛，中芭九牛二虎才购得三年版权，这次是版权终结前的最后巡演，难怪中芭的团长讲，"这么好的剧，再不看就来不及了。"

15.《江姐》：潮剧花儿放光彩

20世纪70年代末，潮剧艺术家姚璇秋主演的《江姐》因其角色的丰满和唱段的精彩而成为经典，近半个世纪来，《盼亲人》《松涛松涛我的亲人》《一次次提起他名字》《这威迫利诱》等唱段脍炙人口，广为传唱。姚璇秋的唱腔，细腻深厚、清丽豪迈、柔润端庄，她出音如珠，铿锵中血脉相连，她运字如云，气断意不断，火候分寸几无挑剔的拿捏，让后人很难超越。

因缘际会，才刚一帮潮州高中老同学聚集在顺德凌晨的夜店，共叙乡情，同忆往昔风发意气，边听边唱《江姐》的这些曲目，一转眼，广东潮剧院一团《江姐》复排就在蛇口首演。那撼人方寸的"盼亲人，谁不想相见在眼前"，是有多么期待。

毫无疑问，梅花奖得主张怡凰，江姐对于她的戏路，她的声线虽难完美掌控抑扬顿挫与高低强弱，姚璇秋珠玉在前，无法比拟，她扶腔、托腔的渲染转圜始终和姚璇秋的丝丝入扣有距离，但胜在气场强大，情绪饱满，即便耳油难再，当年难觅，却也壮怀激烈、心潮澎湃。演徐鹏飞的林武燕，从来大义凛然，这一次，舞台形象的反差，色厉内荏不流于表面的形式和脸谱，四功五法的神韵用于现代戏，让人完全忘却他是当下首屈一指的潮剧老生。黄映伟演的甫志高也有突破，从老生到武生到小生，再到这个斯文败类，他下的功夫，气质换挡不是一般的飞跃。林外贸的华为，活脱脱一个思想进步行为稚嫩的革命青年，工小生的他，这次没有文弱优雅的身段，一字一音、一招一式，静若处子，动若脱兔。

难能可贵的是一团的大班风范和精英气势，像林武燕这种演文化素质的演员，一团即便未能蔚然成风也当独树一帜。而今的潮剧舞台，现代戏已经很少演了，古今情绪的转换，唱、做、念、打、手、眼、身、法、步的调整，很考验演员。后台所见，全体演员都早早整装待发并认真运戏，而幕一拉开，那种齐心协力的默契严谨，赫然可见。全场的后台帮声，磅礴大气，极富感染力。舞台非常水墨画的线条美、非常时代脉搏的律动感中，我听并看见《盼亲人》的"映日红枫颜如火"，听并看见《红梅赞》的"红梅花儿开，朵朵放光彩"。

深圳的演出舞台，潮剧也一直花开不败。在深圳谈潮剧，还真不是稀罕事。连续好几年，深圳潮商会每年都请戏来演，有时一年就来两三趟，深圳的潮人免费享受。最近市民中心潮阳剧团刚连演3夜，紧接着就是一团在蛇口风华的4夜，总共5夜大戏2夜折子戏，潮人喜迎潮剧周。

这些年在深圳看的各种演出无数，印象中除了《暗恋·桃花源》和《四世同堂》等少数戏剧，潮剧演出的盛况空前几乎无出其右。过道站满人，台下多了许多临时椅子，拖家带口，扶老携幼，乡音对话，共赴盛会，剧场也可以人山人海。虽说有人纯粹看故事看热闹，剧场的熙熙攘攘着实太返璞归真，以至像保利那样的高档场所可一而不可再，但这也算一种家乡特色和乡情诉求。于是，儿时在乡下搬椅凳、铺草席去戏棚前占位，挤在闹哄哄的父老乡亲中，翘首踮足，那个津津有味的情景，一下就回了来。

只是，当《江姐》连谢幕都接踵现代文明的其他文艺演出，是不是可以配合上一阵阵掌声？当戏已高潮演员已很入戏，是不是可以不让顽童还到处跑到处喊？还有那迟到大半小时还大摇大摆找位的，座位上摇葵扇跷脚丫的……潮剧要更上台面，少不了尊重演文化的演员，尊重看文化的观众。期待潮剧的观众席，亦能放出光彩。

16.《这是最后的斗争》：多说不如少说，少说不如不说

看了太多的先锋和实验，对《这是最后的斗争》这样的现实主义正剧，回过头来倒真的期待，虽然提早知道票房并不理想，虽然还被告知老戏骨雷恪生也没有来。

剧终，没有失望。最直接的感受，虽说是反腐教育剧，是爱国主义主旋律，但是没有被生硬灌输，没有被刻意强加，热烈掌声和会心笑声都很自然而然。不高高在上，不故弄玄虚，放下身段的贴近，直面生活的亲民，甚至照顾观众情感流向的黑幽，都让人尊重。《四世同堂》《雷雨》一般的家庭场景和戏剧冲突，饱满，有看头，铺排合情合理，呼应严丝合缝，台词不绕弯子不刻意规避，敏感话题不轻描淡写不敷衍……这些，也都值得捧场。

剧中的亲情题旨让人感触。老革命年夜饭前开会重要讲话：亲情是最大的财富。如果没有那些剑拔弩张与暗流汹涌的斗争，难得的合家团圆，那真是买不来的财富。可是，亲情的分崩离析恰恰因为亲情本身：一方面，与男人在金钱、名利、地位三座大山攀爬较量的目的就是为了女人同理，人们往往都是为了亲人生活丰润而铤而走险，到头来却又害了亲人，失去亲情；另一方面，物欲横流，利益当前，后院起火，祸起萧墙，亲情因为近水楼台有时候更容易被逼上无间道。

所以，当老革命不时闪回他的幻觉，当"那个时候，天是蓝的；那个时候，黄瓜摘下来就可以吃的；那个时候，捡到一分钱是要交给警察

叔叔的；那个时候，理发店就是理发的，照相是要穿衣服的，牛奶是可以放心喝的……"的抢白响起，我们感叹曾经的纯粹，我们唏嘘而今的缺失。

只是，那个时候有那个时候的好，这个时代也有这个时代的好。不可重来，回不去，也无须回去。有矛盾就有斗争，矛盾永恒，心灵斗争也没有最后。所以《斗争》最后，也只能是问号收场。

也许就因为"多说不如少说，少说不如不说"。

这是这部洋洋洒洒说了近3个小时的正剧中，对社会黑幕深恶痛绝却又不得不随波逐流，怕对不起自己良心而心直口快的老二的台词。戏借他的口，说了不少如走钢丝绳的真话，精彩在于，百炼钢成绕指柔，度量衡控制得刚刚好。

有人觉着犀利痛快，也自然有人认为大惊小怪。

说实在的，现实摆在那里，看这样的大戏，其实也是不消说什么的，因为诚如当代热门诗人马克·斯特兰德所言："那不能说出的，必须沉默以对。但穿过憎恨与孤独，我们的眼睛直言不讳。"

17.《说客》：这位叫子贡的哥

一个到处宣传和平的人却引发了世界大战。"子贡一使，使势相破，十年之中，五国各有变"，鲁国存下来了，齐国乱了，吴国破灭了，晋国强大了，越国称霸了。这位叫子贡的哥，不仅让"不要相信哥，哥只是个传说"那样的句式遁形，还让文艺起意。

话剧《说客》便是这个起意的结晶。这位叫子贡的哥，出色地完成了保家卫国的神圣使命，然而天下大乱致使更多的无辜者死于战火的结果却完全出乎孔子的预料与意愿，也彻底背离了他命子贡出使的初衷，一心实施仁政的孔子也只能徒叹奈何。他除了硬着头皮将一场背弃师训、损人利己且注定要失控的政治游戏进行到底外，他还能有别的什么选择？孔子没有答案，他也没有答案。编剧徐瑛以极其幽默另类的视角解读了春秋大义，消解了"孔子曰"，借孔子之口对祸国殃民之事在嬉笑怒骂间进行了批判，诘问有了，冲突有了，戏肉就有了，戏的灵魂就出来了，这戏就有看头了。

孔子的得意门生中，这位叫子贡的哥，是言辞典范。所谓"不学《诗》，无以言"，但搞通弄懂不难，难的是活学活用，难的是能顺手拈来以达己意，没有相当的灵活性和敏锐性是难以做到的。子贡做到了。"如切如磋，如琢如磨"是他"断章取义"后对孔子提问的回答，"子贡利口巧辩，孔子常黜其辩"，所以他才被孔子相中穿梭各国去当这存鲁乱齐的说客。

这位叫子贡的哥，还是儒商鼻祖，相比道德模范却一根筋穷得叮当响的颜回，他能猜行情，能囤奇货，能投机，"与时转货资……家累千金"，贱买贵卖中终成巨富。羡慕妒忌恨不实用，拜金年代，即便不从商，这位叫子贡的哥，真的必须拜。

身为人艺副院长，透着深深文人气，自称不缺名不缺利的濮存昕，演能商擅文会当官的这位叫子贡的哥再合适不过。舞台上的他，引经据典，滔滔不绝，也能虚伪能狡诈，却始终都将是非曲直深埋于心。这是艺术的力量，也是人格的力量。濮存昕有"山是山，水是水，但常常山不是山，水不是水"的禅语思辨，《说客》五国的强弱转化，映射的便是人生的哲学和现实的悖谬。所以，子贡在舞台穿着时装拿着麦克风穿梭于春秋的场景，相通的人，笑声之外，自有更多的思考空间，历史之外，我们的现实生活，舌战引发的颠覆，职场官场比比皆是，成败之间的权衡，个人属性与社会属性之间的选择与担待，现代人多元视角下的代入与反思……有深厚人文品格的演员总是更有戏性，演绎出来的感受、思考、忧虑，特别是对孤独的体察，是没有国界的通，是全人类的通。这位叫子贡的哥，他引导我们的，也许是人类灵魂自由的主题，没有什么比生命的权利和人文的精神更为重要。

18.《陈三五娘》：经典潮音，多承多感

代表潮剧最高艺术水准的广东潮剧院一团，一连三个晚上，又在保利大剧院献演三出潮剧的经典老戏。

其中，最让人眼前一亮的，当属《陈三五娘》。《陈三五娘》堪称潮剧的百戏之首。其一，这是一个流传在潮州的可以比肩梁祝的美丽故事，1961年就被拍成潮剧电影《荔镜记》；其二，当年五娘的扮演者姚璇秋，至今都是公认的剧种代表，她的五娘，怀春与追爱的那种娇羞和含蓄，热烈与真切，业界一致给予"多一点太多，少一分太少"的评价，楚楚动人的拿捏，十分传神入味；其三，这次的演出，一水儿新秀担纲，青春亮丽的养眼不说，精准的传承很让人惊喜。多承多感。

老戏有了新陈三，新晋潮剧小生林外贸，声色艺俱佳，多年龙套捱成大戏中台，看得出他的塑造，有积累，有沉淀，有体会，有掌控。《陈三五娘》的大雅类似昆曲，闷骚自属难免，演的、看的，都得有点文化品位才行。林外贸未及而立之年而有平静之心，身为时尚潮人而懂古典之美，实属难得。新星的升起有点迟，但透过他看到潮剧传承的希望。多承多感。

《陈三五娘》因为种种原因舞台演出极少，长时间被搁置，主要角色的委任甚至出现断层，这次是姚璇秋等老前辈亲自出任传承人，隔了代，却隔不了戏。虽然效果还是有些太过清新稚嫩，但像我这样的中年观众以及众多的老观众，能品尝到几十年前的味道，真的必须向老艺术家致敬。多承多感。

遇见这样的经典，我怂恿马上要去台湾读文化大学的小女一起看。广州的潮籍老同学也带着女儿赶来寻补家乡文化的熏陶。小姐妹看得认真看得仔细，戏后的评点也很到位。她们谈了戏谈了角色，还谈到观众，说潮剧观众太吵太闹，不懂得尊重演员。我表示同意，当然我又偏袒这是潮汕特色，是乡情诉求，当然我也寄望等我当上爷爷的时候，潮剧的观众席一定能媲美其他高档演出。多承多感。

　　没有深圳潮商会，就没有年年皆有的这种潮剧节。免费看戏，聚首叙旧，夜夜都是深圳的潮人大派对。那夜，剧场、电梯口、停车场，我和一亲戚，三十年未见，却一夜连见三次。多承多感。

　　多承多感是《陈三五娘》中的念白，前后反复出现多次。先是元宵灯下的陈三，对着拾到他的金笺扇的李姐讲的，当然醉翁之意是李姐背后的五娘；后来五娘闺房中，婢女益春学着陈三的口气又这么调侃了单相思的五娘；再后来益春挽回负气逃离的陈三，两人消除误解，相互之间，又道上这么一声：多承多感。

　　看完演出与老同学道别，不约而同地，彼此都夺口而出：多承多感。

19.西城男孩：当男孩变成男人

1998年西城男孩出道时，我出入在资讯极其不发达的边远山区，山里一日，世间千年，进入21世纪才知道的他们。那时候，大江南北一边是咱们小燕子的"你是风儿我是沙"，一边就是他们的《If I Let You Go》和《Swear It Again》……那时候，已经不是男孩的我，被打动的不是他们的活泼动感，而是他们强大穿透力底下显现的那种温暖朴实，一首《Angel》更让从来抵制口水歌的我直接将他们作为灵魂歌手膜拜。

那些年，犹如《Season In The Sun》的歌名，追着他们就是追着阳光季节。这个夜晚，他们终于来了的当儿，却突然起风。风里有穿越14年感怀的真歌迷，有兜售假票的黄牛党；有为了给儿子越洋电话直播的父母，有穿着校服冒天下之大不韪逃离夜修的高三生；有亲近偶像的喜悦，有真票被串换为假票的悲伤……有幸亲眼见亲耳听的人，多数都沉溺在喜悦与忧伤的风的纠结中。

喜的当然是，那无与伦比的声音魅力和真情演绎，《Home》《My Love》《The Queens Of My Heart》《What About Now》《Uptown Girl》……口诵心惟的旋律，全场大合唱一触即发一发不可收拾。一代人关于青春与梦想的记忆被搅起，全场沸腾。手机手电筒一起点亮，一起晃是那么美，繁星流动，岁月如梦。《You Raise Me up》，就是You雷死Me啊，激动、冲动、感动……各种雷动，玩疯了的人浪，还有台上台下互拍并发微博的憨劲，那是王小波当年写给李银河的"一种山呼海啸的响应，还有一股让人喜欢的傻气"，整齐、帅气、逗趣、俏皮……虽说岁月这把杀猪刀已经让男孩变成男人，但男孩时代的单纯快乐和美好激情依然被定格。

忧的是，年华落幕，男孩不但变成男人，还面临解体，14年的辉煌，2012，最后一年的组合，绝唱让人伤感。

也许14年一直巅峰，每年平均十几项大奖，销量和猫王、披头士位列英国历史前三甲……这些让全球震撼和倾倒的辉煌让他们享受的同时也让他们倍感疲惫与压力，所以他们说想要一个合乎情理的喘息机会。他们也许将各奔东西，但他们共同的憧憬却是开始新的冒险。

豆蔻、懵懂、青涩的男孩，一路走来都懂得求变是继续走下去的唯一途径。当年有人预言他们是转瞬即逝的流星，还时不时有关于他们因为成绩不好而散伙的诅咒，但他们有的是《Flying Without Wings》那种向上的力量，没有那种为正确选歌每晚都讨论三四个小时的坚韧，就没有他们的美梦成真。

所以必须预祝他们冒险成功，所以还是必须放下忧伤，接受并欣赏岁月沉淀后那种亲切随和、轻松随意、温文有礼和浑然天成。你看他们忘词后自己坦白，然后清唱一段弥补，还开玩笑说自己是在家的黑绵羊，没有争奇斗艳，没有矫揉造作，这就是成熟的味道。

可以遗憾的只有时间短暂，才一个半小时，连Encore都只有一曲。也许，成长从来就是决绝的吧。

20.马克西姆：都被他炫翻了

这个被冠名"颠覆者之颠覆黑白"的邪魅之夜，其实还是有很多差强人意，譬如深圳春茧的音质，譬如场内那些大煞风景的塑料椅，譬如没有听到《出埃及记》……还有一些意外，他与印象中的期待有些落差，貌似已经不太帅，明显有点老有点疲态，还没有当仁不让的那种酷，一身燕尾服也显得局促，太过绅士，不太玩世不恭，反倒让人不习惯。

但毋庸置疑，马克西姆还是以一"手"之力捍卫了完美。那一双手，那每秒16个音符的超凡魔指，是千军万马，是惊涛骇浪，是天翻地覆……无须那些不甘寂寞拼命闪烁小丑一样的射灯来辉映，他兀自炫翻全场。举目四顾，有多少指头都情不自禁跟着跳舞，震撼和激动写在不停鼓掌和尖叫的人们脸上。《死之舞》，一开场就燃烧了，人们更无从抵挡他的《野蜂飞舞》《克罗地亚狂想曲》《天国的孩子》《胜利》《吉普赛女郎》《新世界协奏曲》……当然，还有《黄河颂》。离场了，开车回家了，满脑子还都是马克西姆，后遗症就是脑瓜不停回响着他的曲子，就连楼前日夜不息的施工噪音，嗡嗡嗡地竟也成了蜂鸟的旋律。

一场期待已久的豪雨，要的就是这种灵魂最真切的歇斯底里，纵情，忘我。

不同的旋律跳动不同的情绪，速度的炫只是外在，真意的炫才是根本。《野蜂飞舞》加入电子音乐后更强的节奏和动力，他指尖跑动的速率和脉搏迸发的律动，恰到好处地炫出了王子既盼望立即见到父亲又带有怒气的情绪，曲子的灵魂直接飞出来了，醍醐灌顶，入心入肺。

他就是有那种李斯特一般超炫的君临天下的气场，所以他老老实实地擦汗喝水，斯斯文文地说很少的话，还有弹古典的肖邦夜曲的时候，反倒让人陌生。但他的肖邦一样精致细腻，他的音符一样传达心灵的律动和生命的节奏，纯粹而丰富，让认为炫技不是大师的人也不得不叹服。

咱们的老祖宗《吕氏春秋·古乐篇》有言："拊石击石，以象上帝玉磬之音，以致舞百兽。"音乐自起源始，兀自流淌，抛下我们，画地为牢，各自鼓噪。也许让肖邦炫，让李斯特不炫，他们都可能成不了大师。总会有人揶揄马克西姆太时尚更像流行偶像歌手，总会有人接受不了他的癫狂，但他极其个性的音乐方式和气质能量，谁能否认那种完美契合？所有自然的美好，他身上应有尽有，唯美让他所创造的各种音乐体裁都能焕发一种协调的魅。

这个夜晚，是一趟惊喜疯狂过山车后福至心灵的回归。于是，他反复返场，让激动的人们语无伦次……

21.中孝介：各自远飏的赋别

2008年夏天最走红的台湾电影《海角七号》成就了范逸臣，但我一直更喜欢出演痴情日籍老师的中孝介，他和范逸臣合唱的"男孩看见野玫瑰"，他的《各自远飏》，是我电脑里、车里、手机里的必备，落寞的时候听，被甜蜜腻歪的时候也听，那种别有韵味的悠远，百听不厌。

2011年夏天，同一个晚上，玉木宏在香港一身红衣劲歌热舞不关我事，中孝介在深圳一袭亚麻色礼服，既正式又随意，既文艺又烟火，和着他那独有的真假声，无比匹配地，无限温柔地，传递了安静的美。

他站在那里，像乐器一样的声音，是一种特殊的质感。钢琴、吉他、打击乐三个乐手，再怎么出色，也只是陪衬。

也许用日文翻唱的陈奕迅的《十年》、周杰伦的《花海》、邓丽君的《在水一方》、王力宏的《心中的日月》、光良的《童话》那些歌太过让人熟知，才有人觉得他破音，他跑调，他嗓子沙哑过头，他不在状态……我不觉得，我看重的是他自然而然的表达中那种散淡与虔诚，那种浑然一体的深厚。

奄美大岛的岛歌，他抱着日本的"三味线"，无伴奏的《织布歌》，高音时如裂帛，低沉时像游丝，稀有的转音通明透彻，《无界的天空》，无隔的空灵，让质朴和纯净，让温暖与慰藉，一往情深。

所以不觉得最后中文演唱的《青藏高原》才是沸点，是的，没有沸腾的温暾绵缓不等于没有暗涌激扬。他一直不刻意的蕴含，一直内敛的以守为攻，包括他费力地用中文打招呼，包括副歌部分的中文演绎，包括忘记中文怎么说时的傻笑。你感受到的，不是讨好，是难得的诚恳和谦恭。

他大部分时间都端立在场，不张牙舞爪，不招蜂引蝶。每支歌唱完，聚光灯泻下来，都是他深深躬谢的身影。

茕茕独立的他，外表精致，表情幼稚，心智可人……2011年最期待的一场演唱，听见他反复用中文讲着"谢谢大家百忙之中来听我的演唱会，希望和大家共度这个愉快的时间"，但终究就这么落幕。他一步三回头，真诚的他心中绝对也有一份难舍，他继续用蹩脚的中文说着："我会再来！"

曲终人散，音乐厅大堂他的新专辑签售长龙，也敌不住各自远飏的赋别。

他是不是疗伤系歌手不重要，重要的是，他给了我一个充盈快乐的晚上。村上春树说："夏天结束的时候会感到寂寞，我知道原因，因为太过悲伤反而会笑，我了解这理由。"夏天还没结束呢，我已经感到寂寞，我知道原因。这个夏天，身为男人，我竟然无法掩饰对一个男人的喜欢。

22.纵贯线前度：爱的代价是伤痕

    罗大佑、李宗盛、周华健、张震岳的纵贯线成立于2008年7月，但灵感也许来自2002年6月28日深圳电话号码由7到8的"升位之夜"。虽然那夜，另两位不是罗大佑、张震岳，而是齐秦、张信哲，但一样是华语乐坛的传奇天王，一样是朴素的经典男人，一样是感动一代人的歌声，所以权且将那夜这个绝无仅有的组合称为纵贯线前度。

    从来不喜欢体育场的空泛，何况35度的高温下，体育场该像一个气球一般憋闷，一触即破。那时还不喜欢多情得"过火"的张信哲，不喜欢笑声有些廉价的周华健。齐秦和李宗盛是一开始就喜欢的，但把齐秦的孤傲放在体育场这种大众化场所实在是格格不入，而李宗盛自己唱的歌，多数都是一杯适合独饮的茶。这样，似乎就失去了看这场电话升位演唱会的理由。

    然而她居然弄得头排居中的票。她从初中就开始迷齐秦，齐秦的唱片出一张她买一张，张张都声明"概不外借"。近20年了，最爱的依然只有齐秦，她没有理由不去看他。

    好吧，那就轻松愉悦地，出发。但是把车开到场外心情就坏了。别说停车位，车根本就挪不动，草木皆兵。停车竟然花去近一小时，她不知道是安慰我还是自我安慰，说齐秦唱的是"冬天"，该是最后一个出场。快进场的时候，我看看表，8点40分了，齐秦的歌声已经飘在耳边。看见他了，满脸满脖子全是汗，狼狈的"狼"在说着他家14岁的猫，他怕老猫会突然离他而去。我都还没找着座位，就冷不防被突袭了伤感。车水马龙、人山人海带来的懊恼，加上劈头盖脸的热浪，真有些沮丧，好不容易终于在别人挥动的激情中沉陷到自己的座位。没有丝毫的冬天感觉，属于齐秦的"冬"就过了。她在压抑着自己的眼泪，我不敢看。

张信哲没有唱他的《爱如潮水》，也好，他的潮水代替不了齐秦的冬雨。插科打诨的周华健把演唱会张扬到极致，他弄着那个英文叫KISS的探射灯，把灯光定格在最远最角落的地方，说深圳原来有这么多孤僻的人，他不知道坐在他眼前的我也是孤僻的，至少在他的这个时段里。天，怎么居然一直有许多人说我很像他来着？李宗盛出来了，场静了，也许是李宗盛的悲哀，也许更是他的光芒，把周华健泼出去的张扬收回来，李宗盛自有他的道行。他唱起《爱的代价》与《伤痕》的时候，我才真正有了做一个观众的状态。而我身边的她，自然是带着爱来，伤着心看。

终于齐秦又出来了，他们四人，居然合唱赵传的《我是一只小小鸟》。齐秦带着温和的微笑，没有当年的孤傲和叛逆，但是爱者依旧。我旁边的一位女孩，奋不顾身蹿上台献给齐秦全场唯一的一束鲜花，她紧拥着齐秦，而她的男友在台下为她激动地喝彩。齐秦也许觉得只有他一个人抱着花太招眼，还是将花放到了台边，女孩眼里噙有泪水。

曲终人散，巨星们决绝得一首歌也不多唱，一个字也不多讲。只有齐秦，不再冷傲的齐秦，折回台边抱走那束鲜花的一瞬间，我才看到爱的回应，看到关于爱慕的一点承接。这时候，那女孩彻底地哭了出来，而与我一道来的她却平静得出奇。

在千军万马的驰骤中找到自己的车，车身上赫然被划上一道新痕。我处乱不惊了，当是这样的吧，爱的代价，伤痕总是难免。

23.《钢的琴》：人情冷暖，谁孕育谁

无疑，《钢的琴》继电影版的成功之后，郭晓冬领衔的话剧版也是叫好又叫座。去年寂寂无闻的王千源因之一举成名，今年更有名气更有口碑的郭晓冬这趟赶的，有拾人牙慧之嫌倒在其次，珠玉在先下的吃力不讨好首当其冲。何况，话剧的影响力无法和电影比，小舞台比起大银幕，吃亏也是肯定的。而且就一部作品而言，似乎巅峰一过，也就辉煌难再。然而，诚如郭晓冬的推介："话剧版的格局更大，大家一致积极地将理想照进现实，最后抒发的是一种时代背景下的大情怀。"对生命价值的渴望和追求，真诚的弹奏很打动人，剧场里有人一直笑，"欣然独笑，冷然微笑，替沉闷的人生透一口气"，钱锺书的话意味深长，我也是那个样子，做莫逆于心相视而笑的另一个人去看郭晓冬的。当然，也有人一直哭，梨花带雨，纯粹只是因为感动。

场内。演过《暖》的郭晓冬越来越暖色系，比起王千源那股吊儿郎当的拽与邪，他真的很不小混混。台上他剖心沥肺，恨不得把心都掏出来给人。

场外。他笑呵呵地合影，一张又一张，满脸堆笑。握手，拥抱，是观众的荣幸，也是他的荣幸。爱摆臭架子的所谓明星，但凡有点情商的，即便不掩鼻而过也都情愿敬而远之。他的手粗厚有力，他有一种自然的力量。相比他那些同学，黄晓明是亮丽得有些浮虚的暖色，陈坤是阴柔得有些沉实的冷色，而他，只有自然的本色。

戏里。一如既往看郭晓冬的本色：真实、纯朴、简单，表现被压抑

生命的自我救赎，表现温暖与坚持，表现缅怀和追忆，这些本色演绎，于他一点不难。难的是他的颠覆，这次他确实特别放得开，他演绎幽默与荒诞的那种痛快淋漓，那种戏谑和自嘲，那种满不在乎的举重若轻，几乎将自己颠覆成一朵花。只是，他再怎么装疯，再怎么随俗，都难逃恬静人文与优雅气质。不过我想，陈桂林本来就该是这样的，不然淑娴怎么会在他面前盛赞苏联回来的老工程师的绅士味道。

　　郭晓冬那样的不长心眼的厚道人，当陈桂林向他走来，有生命力有情怀有爱的小人物人生，他们就自然而然浑然天成合二为一了。他说他像灵魂出窍，那种在石头缝里求生存的状态是如此的熟悉。他知道，是朴实的土地，是善良的人们，孕育的他。

24.王君安：白马有点小白

　　说来惭愧，因为越剧电影《五女拜寿》喜欢了茅威涛，于是才知道尹派，才知道尹桂芳，虽说她是流派十姐妹，但也许由于留下的影像不多，加上20世纪那个年代谈不上有什么资讯共享，不在江南长大的人，难免对越剧孤陋寡闻。尹桂芳上妆后的潇洒儒雅、下妆后的美丽大方，真是让人一见钟情。于是王君安作为她的入室弟子之一，也才跃入眼帘。遭遇王君安的贾宝玉、何文秀、梁玉书、梁山伯……那种风流倜傥，那种俊秀飘逸，咋就那么顺眼呢？而且她的唱腔，竟然那样清新、那样空灵，更难得的是，她站在那里，自有一种超尘脱俗的纯粹干净，那样的品性，由不得你不称奇。她是谁？她难道是"越剧不明飞行物"？为什么她那么长时间都不在主流的戏曲视野中？

　　正所谓大成若缺。

　　之一，1996年风头正劲时她竟然跑去美国，一去10年，拿完学士学位又在美国从事金融业。2006年因为纪念尹太先生才重回福建芳华越剧团。最黄金的十年，也许错失了最风光的东西，但文化的积累和沉淀，必然会高回报于她，走着瞧。

　　之二，越剧的婉约温润也许得益于江南的钟灵毓秀，可也许是历史的问题，也许是诸多的无奈，尹太先生的芳华竟然是在福建才落地生根，而命运之手又将王君安带到尹太先生身边。福建不同于上海和浙江，不是越剧的焦点，至少，聚光灯都不够亮。而她俩，可都是越剧发源地浙江嵊州市人，君安自己更有一个比喻，君是尹字加把口，安是女的带顶小生帽，所以她注定就是唱尹派小生的。这个中的起承转合，真的很玄妙。

之三，她没有太多的社会性，她不够圆熟不擅长钻营，甚至有点傻，所以君迷们亲切称她白马的同时又戏谑她有点小白。不能用世俗的评判标准来衡量她的价值，包括什么梅花奖。相比江南越剧那样的繁花似锦，福建相对遗世安静，福建也许更是她内心朴实真挚的土壤。戏曲的骨子里是诗，境界和情怀是灵魂。但愿福建可以让她远离浮夸，远离俗务，让她彻底契合尹太先生的神韵风骨，正本清源，弘扬纯正尹派。

这回芳华选择排演《柳永》新戏，非常合适。传承不一定要完完全全排演尹太先生的老戏，传承不是依葫芦画瓢，不是先生演过什么就只演什么。传承是入骨和知心，深得神韵才是最大的传承，风骨韵致有了，演什么都是传承。当然，现在讲各种创新，申梅也要创新，那就往时髦里讲，演先生没演过的，就是创新。时势使然，飞跃需要技巧。当然，含金量已不太高的奖，拿不拿也都说明不了太多问题，对寡淡的人来说也真不太重要。大不了就像柳永一样，把浮名换了浅斟低唱，人戏合一，小白到底。当然，柳永还是福建武夷山人，山泉的性灵，一定会让在福建唱越剧的王君安更加清越隽永。

25.林武燕：气壮才高自脱俗

认识林武燕是在2005年。那年我在深圳第一次看广东潮剧院一团的演出，看他的第一部戏是《汉文皇后》，他演汉文帝，角色不太主要，但扮相佳、唱功好、神态足。之后，一团每年都来一两趟深圳，8年间还看过他演《告亲夫》的盖纪刚、《赵少卿》的赵少卿、《陆文龙归宋》的王佐、《双玉婵》的吕翰林、《西施归越》的勾践、《楚宫风云》的伍子胥、《薛仁贵回窑》的薛仁贵、《东吴郡主》的孙权、《赵氏孤儿》的程婴、《狸猫换太子》的包拯、《江姐》的徐鹏飞……角色每次不同，戏码也越来越重，每次都有惊喜，戏里戏外也都被他触动，多少回都有诉诸笔端的念头，只是随着认识的深入，越发知道他的学识和分量，越发不敢贸然落笔。他不仅演戏好，他还会写作，还会书法。他有戏性，有韵味，有品格。不认识反倒可能随便比画，越认识却越敬畏，真的生怕把原本只能大写的他，一不用心写成了小写。甚至我觉得，他完全堪称大家，我怕我班门弄斧。

1997年出道以来，他拿过各种唱腔奖、表演奖、编剧奖、导演奖。他写的专业论文获文艺刊物一等奖。他写的讽刺小品获中国戏剧文学奖小型剧本奖。他写的剧本《魂断秋月》《阴阳泪》发表于《中国剧本》。他甚至还写诗，写诗的人在当今社会一定是难能可贵的特殊人才，他对艺术的追求，那份执着，近乎癖，近乎痴。

虽然古云"人无癖不可与交，以其无深情也；人无痴不可与交，以其无真气也"，但浮躁的当下，这种癖与痴，说真的，很多时候难以受众。我就领教了他这份难缠。他实在太认真，每次演完戏，或当晚，或隔天，或当面，或电话，他就是非听听你的意见和建议不可，孜孜不倦真真切切得有时候会让世俗人觉得可笑。很多人会认为，不就个演员么？不就个角色么？演完就完了，演完喝酒去。他不是这样，即便消夜，他还是要和你谈戏，你根本无法在他面前马虎应付敷衍了事，你根本不好意思含糊其辞得过且过。他就是这么成天琢磨着戏，就是这么经常心里为戏折腾，就是这么时刻满脑子为戏团团转。你会被他裹挟，被他引领到一个高度，和他对话，你必须自觉提升自己，不然你都会觉得惭愧。

好吧，林武燕让我相信，"唱戏的是疯子，听戏的是傻子"。我原来以为，演戏就是一份工，特别是对于语言受大限囿的地方剧种，能有多少奔头？但他让我更加深切体味戏如人生，小小戏台大人生，他是要借戏台来书写他的大写人生。

戏台其实还真是个残酷的地方。鼓乐声喧，你方唱罢我登场，是马是骡都得溜一溜，一定有云泥之别。有人唱腔，有人唱份；有人唱情，有人唱戏；有人唱人，有人唱派——哦，潮剧没有流派，但也不对，有形的流派没有，无形的一定存在。唱腔、唱情、唱人的才能自成一派。

无疑林武燕是有这种格局的。无论《告亲夫》与《赵少卿》那种父杀亲子的异曲同工，还是《陆文龙归宋》和《赵氏孤儿》那种舍生取义的殊途同归，抑或《狸猫换太子》黑脸赤胆的包拯、《江姐》冷面黑心的徐鹏飞……他就是演不出平庸无奇，他就是出神入化。他应该是天生戏胚子，但扮什么像什么只是外在，重要的是他"四功五法"的娴熟运用。当然，他身躯大，扮相威武，却做不了太高难技巧的动作，"唱念做打"之"打"是他的短板。但他善于扬长避短，藏拙于是也成为长项。他极能展示自己最好的一面，行腔优美，做工细腻，"手眼身法步"一点不含糊。他老生的须功强，胡子里口白也极好，总觉得好青衣的口白是一字一泪，好老生的口白是一字一峰。声音条件好，加上有纯粹初心，他的演唱更有韵味。韵味是什么？就是人物的神韵和唱腔的味道。韵味为什么难得？不是说声音好中气足就有韵味，一味的狗血抒情也不是韵味，是什么人物就得什么分寸，什么情景就得什么力道，拿捏的度，一点一滴都必须恰到好处。光会扣曲牌，声音再好，听起来还是生硬。咬字吞声，软的时候要软，硬的时候要硬，所谓通款曲，几回肠。戏曲有脸谱，但是人物不能脸谱化；戏曲有程式，但是人物不能没人味儿。好演员举手投足、一唱一叹中，多能合乎人之常情，又让人回味。不觉得这与传统底蕴的厚薄，与创新意识的强弱有关，传统老调也好，创新唱法也罢，都不是根由。根由在于演员先天的戏性以及后天形成的品格。肤浅、轻薄的为人处世，怎能有韵味？天赋重要，学识涵养更重要。这方面，林武燕堪称当今潮剧演员的典范。看戏看角，他完全不输给其他剧种的名老生。

这么多年下来，他的收获有目共睹，他还缺什么呢？一众传统老生角色他几乎都演了，还能有好剧本好角色来成就一个好演员百尺竿头更进一步么？对于他这种离不开戏、爱戏如命的人，庄子的"精诚所至，金石为开"以及《一代宗师》的"念念不忘，必有回响"都会应验的，选择从来都大于命运，何况他那么壮怀激烈、那么才高八斗。他还演过《张春郎削发》的皇帝，是的，卸下髯口的他，就是老丑在老生应工的他面前称赞小生所唱的那样，"气壮才高自脱俗"。

26.《杜丽娘》：情不知所起，一往而深

白先勇的青春版《牡丹亭》在北京献演200场前夕，浙江昆剧团的《杜丽娘》也在深圳上演"曲径梦回人杳，深闺佩冷魂销，似雾朦花，如云遮月，一点幽情动早"。一进剧院已被南昆弦乐带入著名梦境，游园惊梦，一梦千寻。

"情不知所起，一往而深"的是杜丽娘对柳梦梅，"只为痴情慕色，一梦而亡"，有爱如斯，一梦足以慰平生。

"情不知所起，一往而深"的是我对昆曲，那流转的眼波，那款款的身段，那拂动的水袖，那考究的曲文，那缱绻的唱腔……所有的美，如醇酒，如沉香，像是一个六百年前的约定，无来由地耽溺于中。

其实台上只有半截幕帘，外加一副桌椅，连那花园的大梅树也都省了。这种感觉与先前看的黄梅戏《徽州女人》迥异，"徽女"极尽形式渲染之能事，舞美无所不用其极。反观时下各大剧种为迎合市场，所谓改革和创新出来的诸如混搭之类的熙熙攘攘与拔腔走调，浙昆的《杜丽娘》，兀自简约，兀自娴静，兀自典雅。

《牡丹亭》那么长，是夜浙昆名角的《杜丽娘》可谓浓缩再浓缩的精华。无论是张志红的《惊梦》和《寻梦》，还是杨昆的《写真》与《离魂》，两个杜丽娘，一样的行云流水，艳冶轻盈，顾盼生辉。她们唱念手眼身法步的神韵与分寸，几乎不差分毫。这，便是角才有的范。

她们的唱腔，一样的燕啭莺啼、迤逦绵长，一样的细腻深厚、柔润端庄中，张志红多了些柔媚流丽的特质，杨昆则比较悲挫沉郁。两把声

音，细雕慢琢的精致，都是能让人听出耳油的。

脱胎于元曲成熟于明朝的昆曲，或许因为太周正高雅，清嘉庆年间才告式微。但阳春白雪不大众不代表没有生命。作为现存的最古老戏曲艺术，作为"百戏之师"，作为"人类口头与非物质文化遗产代表作"，昆曲绝对文化经典的地位是不容侵犯的。

实在无法不喜欢那些原汁原味的长短句，一场戏看完，那些婉约含蓄到可以让人遁入梦幻与空灵的词曲真是食髓知味。"宜笑，待东风立细腰，又似被春愁搅"，"谢半点江山，三分门户，一种人才，小小行乐，捻青梅闲厮调。倚湖山梦晓，对垂杨风袅"的丰姿绰约中，是"没乱里春情难遣，蓦地里怀人幽怨"，"行来春色三分雨，春心无处不飞悬"，"生就个书生，恰恰生生抱咱去眠"，"春梦暗随三月景，晓寒瘦减一分花"，"忒苗条，斜添他几分翠芭蕉，近看分明似俨然，远观自在若飞仙。他年得傍蟾宫客，不在梅边在柳边"的气象万千……

实在是"观之不足由他缱"，实在是"兴尽回家闲过遣"，好吧，世上"花花草草由人恋"，我情愿躺在昆曲的梦里，"一段暗香迷夜雨，十分清瘦怯秋寒"，不必移景换情，不必醒。

27.《牡丹亭》：青春和昆曲相视一笑

　　昆曲青春版《牡丹亭》自2004年台北首演以来，已经远超200场，遍访中国大江南北的大学院校和剧院，还去了新加坡、美国、英国、希腊。白先勇出马，传承之外，更是传播，风头可谓一时无两，极其精致却又渐趋式微的古老昆曲真的是随杜丽娘还了魂。"原来姹紫嫣红开遍，似这般都付与断井颓垣。良辰美景奈何天，赏心乐事谁家院。似这般花花草草由人恋，生生死死随人愿，便酸酸楚楚无人怨……"寂寞与相思的愁苦，拐入园角亭台，竟然就遇到了对的青春，青春和昆曲相视一笑，莫逆于心，于是昆曲又有了它的嘉年华。白先勇希望把中国传统文化带给年轻人的愿望达成了，即便还不能夸张地说成趋之若鹜，倒也着实街闻巷知，一曲《游园惊梦》，处处洋溢由衷的向往与钟情。

　　之所以是"青春版"，也许强调的是启用青春的演员讲青春的情爱，以期可以更加吸引青春的视线。但之前真正的昆曲迷是不买账的，因为大凡青年演员的表演都心里节奏太快，压不住唱念的细微火候，又因为看戏看角、听戏听腔，何况是昆曲这样的戏祖师，端得要有功底。

　　昆曲登堂入室的大雅，对演员，对观众，要求都很高。台上台下，平静之心不可少，沉溺之情不可无，掌控能力重要，文化积淀与品味道行更重要。

　　但是来不及的时代，娱乐至死的时代，这种戏太闷，除了为数不多的可怜的几个老古董会捧场，根本不能适应急功近利的欣赏习惯。古老戏曲面对生存难题，改革成为必须，但一味迎合世俗而丢失原汁原味的改革终究是舍本逐末。几百年所传承下来的文化底蕴一流散，五花八门的不伦不类是站不住脚的，没了最本质的东西，终究就是空中楼阁。昆曲青春版《牡丹亭》诚然也曾遭受这般质疑与诟病，也许不够传统昆曲那种大家闺秀，也许还有点放，但一路走来，越来越让人惊艳，越来越令人称赏，昆曲的抽象写意与以简驭繁的美学传统，昆曲的古典精神都很到位。俞玖林和沈丰英两位主演，表演风格从激情多过技术到技术多过激情的转化，也因有了汪世瑜和张继青的正式传承，而有了正宗、正统、正派的格调，他们的悟性、戏性在磨炼中越发丰满细腻，表演见层次，个性鲜明，加上依然青春靓丽的赏心悦目，让舞台趋于完美。

而戏本身，秉承"只删不改"的原则从原本55折要连台六天精减成27折三本9个小时三天可以演完。从第一出《标目》到最后一出《圆驾》，从南宋太守独生女杜丽娘春日与侍女春香后花园游玩，见百花齐放，因感成梦，梦中与俊逸书生幽欢于牡丹亭上，醒后怅然若失，伤感而死，到那边厢，果有书生柳梦梅偶拾丽娘写真，心生爱慕，感动丽娘魂魄，二人穿透阴阳幽媾成婚，柳生为爱开坟，丽娘因情还魂，再到丽娘、梦梅新婚燕尔，乍又分离，梦梅为丽娘寻找其父历尽艰辛，岂料被杜父误为盗墓人反遭拷打，幸得高中状元，金銮殿上圣恩加被合家团圆，基本上保持了剧情的完整，保留了艺术的精髓，并融合了时下的审美。

沉醉不必醒。醒来也许就看不到那藏着的白先勇风骨，看不到不再面对面舞水袖而是水袖相勾的青春情爱，看不到遥远舒缓的青春的甜蜜与光芒……当然真醒过来时，热辣的王力宏，"在梅边落花似雪纷纷绵绵谁人怜，在柳边风吹悬念生生死死随人愿"的歌声也变得非常动听。

28.《流浪者之歌》：黄金飞逝

　　才感叹现在的演出大都没有幕，舞台甚至全部布景一进剧院都已一览无遗，才想念开戏前的黑暗那一口，云门舞集《流浪者之歌》就如此贴心地满足了我。好演员都会在演出前运戏，林怀民的所有舞者也都必须先参禅打坐，那么，好观众理所当然也必须迅速在揭幕前入定。

　　幕拉开，灯光打在入定的僧人身上，还有他头顶从天而降的稻谷束撒。舞者缓缓走来，弓背弯腰，重心低到尘埃，像慢镜头慢动作，时间凝固。70分钟，一切几近静观。最后既是终结又是起始的20分钟，舞台竟然只有一个人，一支长耙……"云门史上最安静的舞蹈"，让我清晰感知，为什么东方文化是"一种静止的文化"。

　　梦幻的乔治亚民歌，低吟浅唱中，舞台只像一场安静呼吸，一次自然吐纳。三吨半稻谷舞动祷告、朝圣、跋涉、祭祀的苦行鞭笞以及幻化出来的山川河流，让我以为整个舞台就是一颗种子，所有内核的变化，慢到可以不让人看见，但它凝聚和迸发的力量，无疑让人惊悸和震撼。

　　市面那些先声夺人的炫技，或者太多的装神弄鬼和故弄玄虚，还有贴着实验标签和先锋符号的躁闹，还有张艺谋式的徒有其表的装修粉饰，相比之下都显得媚俗和浅薄。而云门连最后那个舞者谢幕时几近虚脱的趔趄，都质朴得让人心疼。

　　台下，自始至终也是从没有过的屏气静息，从未在剧场见过沉缓和肃穆带来的虔诚可以有如此强大的气场。慢与静的空灵，倒映的是人心底里的清澈与渴求。演出结束后的互动，有观众称特地从成都飞过来看，还有人问林怀民如何才能成为他的舞者。是的，有一种烛照，"像那穿过菩提叶隙，斜斜照射的阳光"。

林怀民说从1994年至2011年这17年，全球已近200场演出，但每场都是怕的，因为戏要常带三分生，演出一定要回到当初那颗纯净的心。我知道看的不只是演出，更是一种品格，于是我理解皮娜·鲍什为什么哭了半小时，于是我领悟为什么"这真是一次史无前例绝无仅有的剧场体验"。

"以赢利为能事"的喧嚣世界，这样的简单沉缓内敛，是照亮内心的寂静与明净，所以，无论你看见本原还是繁衍，看见苦修还是救赎，看见流浪者之歌还是生命之歌……懂与不懂，心灵最初的感动就在那里。有悟性，有慧根，总有懂的时候。舞台舞动的稻谷如黄金，心里一样有赤诚的黄金飞进。

29.肯尼·基：《回家》，与生俱来的痴

　　萨克斯那时候还有点冷，少年肯尼·基却如痴如醉。妈妈反对，他自己赚钱买。白天随妈妈心愿读经济学，晚上和音乐伙伴赶场，凌晨两三点才回家是常事。有一天他蓦然发现，轻柔的月光下，妈妈的房门开了一条缝，原来妈妈一直都关注着他，每天都坐在那里默默等他回家。他于是为妈妈一个人即兴演奏了一首曲子，成名后再一润色，《回家》便诞生了。

　　《回家》不华彩不壮丽，不戏谑不逗趣，有的只是淡淡伤感下的缠绵与深情，它的旋律像生命的血液，能自然神奇地流淌到身体的每个细胞，那种悠扬中给人沁彻心脾的温馨，也许触动的是最敏感的神经末梢，浇灌的是最柔软的心灵家园，契合的是鸢飞戾天后的望峰息心，经纶世务后的窥谷忘反，所以，无论专程还是偶然，无论独处还是群欢，无论寂寞还是热闹，肯尼·基的《回家》一吹送，总有顿悟福至，总有入定熙来。

　　无数个场合、无数种情景听了那么多回，终于，肯尼·基萨克斯演奏巡演来到深圳，是夜，春茧一边看本尊真身，一边看屏幕播送的他的成长片段，我后排的小男孩对着他的父亲啧啧称奇，"难怪要说男人四十一枝花呢，肯尼·基小时候一点也不好看，现在这样帅"。1956年出生的他，早已不只什么四十了啊，但的确，帅依然。帅爆的他场内签售完CD，直接就在观众席翻腾的人海中无拘无束开始了《那一刻》……之后，长卷发下一口高音长气在阵阵掌声的拥戴下绵延到台

上，这才开始《夜莺》《哈瓦那》《生命的喜悦》……现场简直炫翻了，钢琴、贝斯、架子鼓……他的团队，一个比一个炫，而他的萨克斯更让人开眼，原本只知这个木管铜身的乐器可以被他吹得推心置腹、摩肩接踵地偎贴，却不知竟还可以如此攻城略地排山倒海的痛快。不外是流行轻音乐，竟有如此喷涌的气势。当然，《我心永恒》《茉莉花》《月亮代表我的心》吹响的时候，是另一种金风逢玉露的心有灵犀。当然，"脉脉不得语"的沟通一样可爱，"谢谢。你们今天好不好？对不起，我的普通话马马虎虎，但我会尽力说好……"他憋了半天的汉语，让人感动。

肯尼·基还当场送出他刚吹奏过的萨克斯，幸运儿竟然是检票进场时排在我前面的一个白衣少年。肯尼·基把他请到台上面对面为他表演的一幕，不由让人联想起少年肯尼·基为妈妈一个人即兴演奏的《回家》。造化的白衣少年会成为当年对萨克斯一往情深的肯尼·基吗？他将如何去经历，去领悟，去升腾，又将如何带着与生俱来的痴，谱写又一曲情感归宿？

30.林忆莲：野花的味道

　　香港。再次路过"红馆"的时候，又想起林忆莲。曾经先后在"红馆"和广州天河体育馆看过她的演唱会，她是我最早喜欢而且一直喜欢的女歌手，几乎没有之一。

　　以前的她，声线更细腻，演绎更入骨。她的每首歌，都直奔经典往绝境唱。没有人敢小觑她，但也许也因此没有人学得了她，卡拉OK她的歌远少其他天后，能供人唱的貌似也经过改良。歌是那种走钢丝的好，人却也因此才始终未能登峰造极，是香港人俗称的"二奶命"，比不得国色天香、母仪天下的牡丹。

　　惹人怜爱的是她的感性和性感，呓语、梦幻一般的歌声浓浓地透着一种女儿香，香得摄人心魄，香得鬼迷心窍。人说她的香是《夜来香》，是《玫瑰香》，我曾经执意地将她当莲花，因为她一直坚持自己出淤泥而不染的音乐风格与个性，名字也有"莲"的影子，她的《夜太黑》也确实这么唱，"男人久不见莲花，开始觉得牡丹美"……但，她自喻的却是《野花》——

　　"谁能忘怀晨雾中，有你吻着半醒的身，谁能忘怀长夜中，共你笑着，笑得多真，痴共醉，多么地想跟你再追，然而从没根的我必须去……来年和来月请你尽淡忘，曾共风中一野花躺过……"

　　谅解我必须摆上这么大段歌词。因为野花的味道，真是极好的。

　　柔情似水，楚楚动人。如果说林忆莲曾经的《滴汗》《疯了》《烧》等给人妖冶的感觉，那么《野花》以及之后《没有你还是爱你》

《暗示》《多谢》……则是"耳鬓厮磨际，凭栏小语长"的别有温柔。但是这些远远构不成属于她特有的魅力。我有她嫁给李宗盛之前所有的专辑，怎么说呢？喜欢一个人是没有理由的，但那时的她确实不是现在这样的有点妥协有点大众，那时的她，狐媚、朦胧、直率，那时的她，《灰色》《激情》《放纵》……她是多么多么的风致。野花不是家花，风致不只是风情，也不独是雅致。

是的，她的风致，远不是傻大姐一般，抑或花开富贵一般的叶倩文所能比的。其实她以前所有的歌中，我最不喜欢的就是《爱上一个不回家的人》，现在再听，我觉得她那时唱得也不太"上线"，她有意识地让歌流俗，让歌下凡。就像时下的电影，每一部都有自己的命，该红的红不了，不该红的总能红。

幸好，这个世界还有"经典"两字，年华凋谢，百味丛生之后，野花的味道，是历久弥香。你看林忆莲过去的精选现在几乎每周每月都上畅销版；你看第19届金鸡百花奖颁奖典礼上，林忆莲的歌曲大串烧让多少巨星全神贯注七情上脸；你看台北揭晓的第24届金曲奖流行音乐类入围名单，林忆莲凭专辑《盖亚》一下就获得6项提名位居榜首……

至今都学不好林忆莲的《野花》，但是田震的《野花》能吼几句，"我无法抗拒我无法将你挥去……"

31.《我爱桃花》：喷得满世界五彩缤纷

春天，春节，情人节，花灯节，春情勃发的时节，《我爱桃花》率先吹皱一池春水，一开场便轻纱床幔和吟风弄月："帷飘白玉堂，簟卷碧牙床，楚女当时意，萧萧发彩凉。"花床上欲死欲仙，"情哥哥蜜姐姐的，爱不够地爱着"……

风，是春天的眉峰；花，是春天的诗眼。偷情的女人"心中自是一阵狂喜，想今夜结果了那厌物，从今起，或天涯，或海角，或冬寒，或夏暖，同床共枕，这样的一辈子岂不是当了两辈子来过了？好好的不是赚了个双倍的人生"……可是，就因为"我要的是巾帻，你却给了我一把刀"，误会扼杀了机会，生机变成杀机。舞台由此便穿越了一千多年的纠结。千百年来痴男怨女的悲剧症结，一个简单的舞台，戏中戏，戏外戏，大开大合，轻而易举就完成了时间和角色的转换，男女间那些事，该说的都说了个透，戏自然地生长，一切偶然中的必然，灵光闪闪，桃花灼灼。

桃花是文人骚客春天里的词典。我们爱听唐伯虎的《桃花庵歌》："桃花仙人种桃树，又摘桃花换酒钱，酒醒只在花前坐，酒醉还来花下眠"，我们爱读陶渊明的《桃花源记》："晋太元中，武陵人捕鱼为业。缘溪行，忘路之远近。忽逢桃花林，夹岸数百步，中无杂树，芳草鲜美，落英缤纷"，因为，那是一种"红树青山，斜阳古道；桃花流水，福地洞天，管它几时"的人生寄望。

可是桃花一旦入情，便是火里炼冰，冰中取火。桃红让玫瑰红、胭脂红、樱红、海棠红、石榴红、豇豆红、芸豆红、朱红、祭红、抹红……统统失色。台上爱桃花的偷情男女是这个样子的尖声细语："前年，春暖花开的时候，想想，在西山的一棵桃树下……想起来了吗？午后三时……那一刻，春日的光透过那些粉红的花瓣，打在你梦一般隐现的脸上，我看着你……你被那些骤然飞起的花瓣裹挟着，转眼不见了。那一刻我的心口剑刺样的疼痛，像桃花落地那样地揪人，那样地无助……哥，在桃花下想到杀人的是你……"这便是桃花劫，命犯桃花，终落得"林花卸了春红，太匆匆，无奈朝来寒雨晚来风，胭脂泪，留人醉，几时重，自是人生长恨水长东"。

张国立说："冷峻中有温情，幽默里有忧伤，广阔而又精细，精犷而不失优雅——这是我在邹静之的剧本里读到的，学到的。"三维的舞台直奔现实，"生活里的艺术家"邹静之真正做到了别具匠心的雅俗共赏，那种激荡，即便耳根动脉被按住，情感的纠结依然像那把在手的刀有多么外露的杀机。是的，台上台下，"内心的澎湃就会如彩虹般地喷出来，喷得满世界五彩缤纷，乱七八糟，乱得让你无法收拾"。春天是个容易动情的季节，言语的温婉替代不了纤纤而为的具体，如果让我选择，我会用内心表述一个背面，或者干脆为难自己"什么都别说，先把刀放下"……所以我的桃花注定式微，像台上男人说的，"咱们把矛盾都隔过去了，把不好处理的都不处理了。在一切乱麻似的事情即将发生时，我理智地退一步想。让刀退回到鞘中，让巾帻戴在头上。让夫妻依旧是夫妻，让情人还是情人，刀插回去了，让一触即发的事件全部停止，生活将照常进行"……

是的，必需的，再血脉贲张的戏，再烛照灵魂的戏，都必须让人在喧嚣中回归平静。只是，我还是有些过分地想，这样的戏，要是《倩女幽魂》的哥哥张国荣和王祖贤来演，那该是多么多么的香艳与靡丽。

32.《喝彩》：春风一吹草再苏

爱一个人很容易,忘记一个人却很难,愚人节因为哥哥他,不再有促狭。哥哥俘获的不只是一代人的心,他永远都是这个时代的旋律。

音乐剧《喝彩》的舞台,三个少年,唱着哥哥和陈百强的40首金曲,那是真的经典,每一首,人人都朗朗上口,深情烂漫,低回荡漾,即便有些伤情,也是春天的气息。

多年前,网上已有署名为有心人的人写过一首《哥哥》:"不羁只因侬本多情,学会爱慕全赖有你,这刻你在何地? 仍愿意只当一出戏……"这歌,囊括了哥哥的重要经典,哥哥没有直接歌唱过春天,也没有唱过桃花,但想起他,便想起崔护的"去年今日此门中,人面桃花相映红。人面不知何处去,桃花依旧笑春风"。他虽"桃之夭夭",却难掩"灼灼其华",斯人杳然,空怀怅憾,他的摄魂夺魄,还有什么比"人面桃花"更魅力十足的意象?

一个转身,哥哥花开荼蘼,桃树旁空荡荡,唯剩桃花在春风里笑。"人面不知何处去",只好踩着脚来听他的《偷情》:"比引火更吸引,摩擦一刹火花比星光迷人,比得到了的都着紧,比暗恋更黑暗,比挂心睡不安枕但上瘾,等不可预计的余音。如果可以磊落,谁情愿闪躲? 如果可以快乐,谁情愿忘掉心魔? 或者偷欢算不上偷情……或者偷心要先去偷情,为了担一个愉快罪名,能浏览遍好风景才去认命。"

春情勃发的时节,听这个样子的哥哥,有谁能心头不泛发涟漪?《涟漪》却是陈百强的:"生活,静静似是湖水,全为你泛起生气,全为你泛起涟漪……"这歌是如此恬静优美,可他为什么也是哥哥那命?只愿留给爱他的人一种无以名状的美丽与孤独。

《喝彩》的舞台,陈百强又与哥哥一起,当年他离世,有报道说哥哥车上放的唱片中,就有陈百强的《今宵多珍重》。

20世纪70年代,他俩相识,那时两人都还是无名小辈,他们走在一起,也许是气质上细致敏感的相似,也许都有一种对人对物苛求的完美主义,还有骨子里醉生梦死的颓废。但走到后来,他们也是有是非恩怨的。比起陈百强的阴郁内敛,哥哥多了些飞扬的自信,可是陈百强很快就以一曲《眼泪为你流》成名,而一起拍戏,也总是陈百强演主角正面,哥哥当配角反面,陈百强收到的都是欢呼和喝彩,属于哥哥的却是痛恨和辱骂……这样的尴尬处境让两人都不愉快,哥哥直言:"陈百强让我受了很多委屈。"

但,哥哥终究让他的红舞鞋红透了香港红磡体育馆,红透了华人社会,红透了全球。他的感性、他的狂野、他的妩媚、他的高贵、他的热辣、他的优雅、他的柔韧、他的灵动、他的俊俏、他的冷傲……全都在红色的舞台灯光中宣泄到极致。只是,"犹如巡行和会演,你眼光只接触我侧面",他是那样的纯粹,那样的自我,那样的至情至性,所以一切的表象风光,都不过是他不朽传奇的《侧面》。所以你听,红得发紫的他,竟然把《红》唱得如此凄绝:"红,像蔷薇任性的结局;红,像唇上滴血般怨毒……你像红尘掠过一样沉重……红,像年华盛放的气焰;红,像斜阳渐远的纪念……"

一语成谶,举世唏嘘。也许,红既然是一个不普罗大众的段位,常人就当无法琢磨。红,不过是一副给别人看的好头面,所以,红了的哥哥也随陈百强走了。

只是,春天的绿意还是年复一年。《将爱进行到底》如火如荼的时候,王菲寄语表示忐忑的群众演员邓讴歌:"作为主要绿叶,让主演们鲜红去吧。你一定会翠绿的,祝福你……我们都将见证你从翠绿走向碧绿最后升华至墨绿的每一步。"其时网络的丹丹体很红,丹红,但更红的王菲号令一下，相信所有不红的同学，也都绿得愉快。绿叶有对根的情意，有对红花的各种羡慕嫉妒恨，而红花对绿叶的关爱，也不一定虚情假意。绿着的我们，也终有那么一天，会像不死鸟一般在沙漠开出一朵坚强的花吧。无论是否灯火绚烂，是否心情离索，是否相知残忍，是否信任有罪……我们都应该为"春风一吹草再苏"的绿《喝彩》。

33.王力宏：深深地被你打败

王力宏"火力全开"世界巡回演唱会深圳湾站，春茧内外，人山人海。入得场的，和王力宏谈了场恋爱；没票进场的，挤天桥趴护栏表暗恋，以致有不慎坠地入院的事发生，倾国倾城即此情此景吧。

像季风刮扫，人影都未见一个，现场已经阵阵口哨、阵阵尖叫，更别说坦克开进，钢琴和人飞起，"麒麟臂"秀出，T恤拉高腹肌暴露，还有《你这么美》被女舞伴捉臀抚摸时的群情汹涌了。王力宏说，演唱会才刚开始你们就high爆了。是的，瞬间高潮，全场高潮。

台湾的文艺风经常吹的是小清新，王力宏是很不一样的博爱天下的大情怀。"我正在和工作谈恋爱，谈得很热烈"，两三个小时他的确自始至终一直在谈情说爱，他说有很多话很多音乐要分享，他说你我的力量也能改变世界，他说让爱传递不外就是一句话……春茧成为爱的河流，所有的人都在爱河里游泳。加上"我唯一爱的就是你""你是心中的日月""小小的爱在大城里好甜蜜"这些歌词的不断轰炸，空气都仿佛有爱情的滋味。他的真诚表达，让人无法怀疑无法抗拒。他唱"夜不见月光的蓝"，但爱的绵延绞缠，让夜只见星辰的爱，于是被颠倒的众生报以"你的温柔如此靠近，带走我的心跳""落叶归根，坠在你心间""每一次和你分开，深深地被你打败""脑袋都是你，心里都是你"的深情回应，全场大合唱的电波燃亮了夜。台上台下异口同声喊着"我爱你"的时候，"嘴里说的语言，完全没有欺骗"，他清澈纯真的眼神，完全能将男女老少融化。

所以，师奶级粉丝在周遭毫无预兆的情况下，突然一个高八度的声音尖叫"力宏！我爱你！我要嫁给你"的疯狂不足为奇，各种爱的骚动，各种爱的燃烧，肆意的发泄，尽情地呼喊，不用有规矩，不必有束缚，无论吆喝还是呐喊，都是情之所至。《在梅边》的扶风弄影，《你不在》的落花听雨，山高水长的中国风，自由自在的HIP - HOP，各取所需，各得其所。星辰闪烁，甘之如饴，闷骚和禁闭飞散，荒芜与寂寥遁开。现场可以变成墟，但不可以说这不是素质，这不是人文。

　　钢琴、二胡、小提琴……吹拉弹唱，劲歌热舞，和别人不一样的音乐，王力宏的才艺多到让人怀疑他还有什么不会，而且还都尽善尽美。帅和优美易得，骨子里散发出来的干净气质难求，更让人叹服的是他对自己的严苛，这才是优质偶像，才是励志榜样，所以我敢带着准备高考的孩子，迎向他的火力。

中折　星空念

1.林语堂：谁令你心痴

春天太年轻，夏天太傲气，他更爱秋天，略带忧伤与死亡的况味让他痴迷。

鼓浪屿的首富廖家的二小姐廖翠凤，笃定的一句"贫穷算不了什么"，成就了自己和他的婚姻，不，是一辈子的爱。他们结婚后，一纸婚书这种形式的劳什子被他提议烧掉了，但是即便1976年3月26日之后的年月，他的灵柩埋于台北阳明山麓林家后院，她仍与他终日厮守。那，是怎样的恩和爱？怎样的痴迷？

他痛恨有趣的知识变为无味的苦记，他质问"何故作践青年精神光阴"。他批判借读书之名取利禄之实。他以自我为中心，以闲适为格调。他的个人魅力成就了《宇宙风》的言论放达与文笔洗练，所以丰子恺愿意自始至终都为这期刊作画作文。期刊无发刊词，他就"无姑妄言之"："想宇宙万类，应时生灭，然必尽其性。"万物皆率其本性，欲罢不能。期刊和人一样，有花也有刺，虽然到底世上看花人多，看刺人少。

他写《风声鹤唳》，风中的叶子，每一片都有心灵，有感情，有热望，有梦想。他说流一点眼泪总是有一点好处，他是性灵散文的鼻祖。

风行水上，水自长濑湍流，风仍逍遥自在。《人生不过如此》，只要有才情和智慧，便足了一生。

《吾国与吾民》让他在西方文坛成名，乡土乡愁也注定是他一辈子的感情。"看烟头白灰之下露出暖气，心头的情绪便跟着那蓝烟缭绕而上，一样轻松，一样的自由。"故乡时时变成他的珠玑锦绣，青山绿水，袅袅炊烟，安宁踏实中的温暖，在他血脉里一生流淌。灵魂在故乡的土地，安详悠闲。

他生于10月10日这样十全十美的日子，他生于他喜欢的秋天，他是优美的天秤，他是林语堂，是一座殿堂。

原来唯一的不明白，他怎么会用过宰予这样的笔名，宰予可是被孔子说成"朽木不可雕也，粪土之墙不可圬也"的人。但宰予也是唯一敢正面对孔子学说提出异议的孔门弟子，林语堂坦诚、信实，不偏颇，他因此痴迷宰予吧。

是的，人在皮肤之下，都很相似。迷人的人，人人痴迷。那些令他心痴的性灵，让他也令人心痴。

2.波德莱尔：恶之花

　　你看夏尔·皮埃尔·波德莱尔的表情，阴沉压抑得就像一朵"恶之花"，病态中的灵性，让人战栗。他的代表作《恶之花》一版再版，腐臭却奇妙的香气，恶习中的无限趣味，像眼下活跃的地震带，让他的个人性和当下性，硬是穿越时空成为共振和共鸣，你不得不惊叹雨果"他创作了一个新的寒战"的评议。他出奇有力的想象，他迷人奇特的吟咏，让你也获取平衡与愉悦。天才的天分正在于，他能将内心的隐秘和真实的感情嵌入你的神经。

　　他自己说的，这残酷的书他注入了全部的思想，经过改装的整个的心，还有全部仇恨。呕心沥血当是最高规格的艺术，所以法国19世纪最著名现代派诗人以及象征派诗歌先驱的名号并不过誉。

　　当然，比较正面的论断当是这样：《恶之花》是他对肮脏畸形现实疾恶如仇的讽刺和挖苦，是他对腐朽世俗习气的无情鞭挞和抨击，还是他对美好的描绘和向往……是的，他也《高翔远举》："远远地飞离那致病的腐恶，到高空中去把你净化涤荡……翱翔在生活之上，轻易地听懂，花儿以及无声的万物的语言。"

　　但波德莱尔毕竟死于自己酿造的恶习。他颓废堕落，他矫揉造作，他滑稽自负，他野心勃勃却意志脆弱，他挥霍无度直至穷困潦倒，他多次企图自杀，失语，半身不遂，46岁便病逝。他的成就遮挡不了他众多的人性弱点和性格缺陷。所以尽管雨果老早便盛赞那百多首"恶之花""像星星一般闪耀在高空"，但谓之为毒草的声音，也从来不灭。

只是，作为一个血肉丰满、感情细腻的人，他也一直被同样的人欣赏。欣赏他寓意深刻却又难以捉摸的纤细，欣赏他的梦幻与精致，他的美妙与混乱，他的迷醉与毁灭。"迷失在这个卑鄙的世界里，被人群推搡着，我像个筋疲力尽的人。我的眼睛朝后看，在耳朵的深处，只看见幻灭和苦难，而前面，只有一场骚动。没有任何新东西，既无启示，也无痛苦。"暗夜和他遇见，无论被他的光照亮，还是被不能言语、不可表达的东西击中，你会相信，你也看见他的《人造天堂》，罪恶的地方，却又盛开着鲜花。

3.王尔德：口诵心惟的迷人

英伦的美妙华章绝对少不了奥斯卡·王尔德这一页。那时没有微博，他却至今都是微语录之王。"这世界就是舞台，可角色分配得不像样子""恋爱总是以自欺开始，以欺人结束""我年轻时以为金钱至上，而今年事已迈，发现果真如此""死亡和庸俗是19世纪仅有的无法用巧辩逃避的东西"……他说的这些话，有口皆碑无处不在，虽说即便搁到21世纪也依然不可能主流，依然是不能够冠冕堂皇的另类，甚至依然会遭遇批判。然而，撇开一切的社会属性，回到每个自然元素的灵魂深处，"爱的目的就是爱，不多也不少""我不想谋生，我想生活""我能抵抗一切，除了诱惑""享乐是人生唯一的目标""去过你奇妙的生活，点滴都别浪费"……恐怕谁都是这么想的吧。他的天纵妙语张口即来，没有矫情没有掩饰，直抒胸臆直达人心，率真者击掌，虚伪者流汗。

他唯一出版的小说《道林·格雷》，一百多年来主人公快乐至上的享乐主义几乎横跨所有艺术媒介，笑和泪、怒吼与安静、邂逅或分离、爱以及情欲的味道……无遮无掩，狂放不羁，有幸掠过心头，便是柔软清风。

相得益彰的是他的一生。他只活了四十六岁，短暂，却唯美至死。他的自由大胆，他的才情卓绝，他不可理喻的盲目，他伤风败俗的快乐，他的颠倒众生，甚至他身后满是吻痕的墓碑……他说"生活的目的是成为一件艺术品"，他果然妖孽，一切体系，所有存在，他用身体的行为和最拿手的语言，全盘颠覆。是的，他只不过总在相遇，总在相爱，总在思想，总在释放，所有惊世骇俗的噱头，都是他的不以为然。他说他的品位其实十分简单，只要事事完美也就算了。他的唯美鞭挞了物质社会和庸人主义。生活和艺术的情趣，让他真实纯粹又虚伪世故。

他不理会，他说"人要么迷人，要么乏味""世上只有一件事比被人议论更糟糕，那就是没有人议论你"，他，就这样，一直被口诵心惟，一直迷人。

4.纳兰性德：辛苦最怜天上月

中秋的一轮明月，让人想念宋词，也想念纳兰词。但宋词可以被网民戏谑为"小资喝花酒，知青咏古自助游……"，真正配得上纤尘不染、玉树临风的纳兰词，却让人不敢亵渎，生在三百多年前的纳兰性德，越发让人倾听，让人仰望。

有一种完美叫完美得不真实，纳兰性德或许只可引用或吟咏，再美的评说也不过是蚍蜉撼树不自量力。他是康熙重臣纳兰明珠之子，纳兰是清初满族最显赫的八大姓之一，即后世所称的"叶赫那拉氏"，高贵出身自然是一种美。相貌方面，就连曹雪芹的祖父曹寅都忍不住要用"姣好"来形容。生为贵胄，飘逸俊秀也就罢了，他竟还文武双全。骑术、剑术、武术、书法、绘画、音乐……一溜全是一流，他的词，王国维《人间词话》有"北宋以来，一人而已"之评。甚至他只有31岁的生命也是一种极致的美，没有衰老没有颓败，永远的青春，成就永远的青春偶像，看看今天的"纳兰一族"有多年轻、有多汹涌吧……

这样的人，不应是尘世中人，但毕竟他是活生生的。纳兰词现存349首，他还留下《通志堂集》二十卷、《渌水亭杂识》四卷……纳兰词"别有怀抱"之真切，朱祖谋说"八百年来无此作者"，王国维说"以自然之眼观物，以自然之舌言情"。

他存在于世的真实，还在于他"涉世违世用"的不为世所用的怨愤失落。或许因为他们家和曹雪芹家的关系，他和他的父亲常被人指认为《红楼梦》的贾宝玉父子，但他不同于不事功名的二世祖，"吾本忧时人，志欲吞鲸鲵"，他是有理想的。他的词抒发了太多锦绣心肠被庸碌生活埋没、豪情壮志被无情毁灭的愁苦，身为康熙侍卫，身为首辅长子，兔死狗烹、鸟尽弓藏的倾轧和斗争像金枷玉锁，如芒在背。

他对朋友也真。他的会客室渌水亭边，留下多少他和朱彝尊、陈维崧、姜宸英、严绳孙等汉族名士"星沉渤海无人见，枫落吴江有梦还"的生死情谊，还有他和顾贞观、吴兆骞"生馆死殡"的千古佳话，他们一起抒写了多少对蝇营狗苟的不满和感慨。

他的爱更真。17岁娶妻卢氏，少年夫妻无限恩爱，孰料婚后三年卢氏便香消玉殒，从此"西风多少恨，吹不散眉弯"。之后遇江南沈宛，那"人生若只如初见"的旷世绝唱，直教"雁书蝶梦都成杳，云窗月户人生悄"。

康熙二十四年暮春，纳兰性德抱病与好友一聚，一醉，一咏三叹，便一骑黄鹤，便亦真亦幻清辉缭绕三个多世纪。"辛苦最怜天上月，一夕如环，夕夕都成玦"，纳兰性德便是那可怜的天上月，他身上，有生为凡夫俗子所无法体味的完美的辛苦。

5.夏多布里昂：坟墓的骄傲

　　他受过拿破仑重用，他当过波旁王朝的外交部部长，他给人的感觉应该是长袖善舞，光芒四射。更何况，他的文字，就像镶满珠玉流苏的华裳，旖旎耀眼、波澜壮阔。再怎么说，他也应该是一座熠熠生辉的金色城堡。可是他一生挚爱的，是雕琢属于自己的坟墓，坟墓才是他的绝对精神，才是他的整个世界。人世间的喧嚣，他没有耐心，不屑一顾。

　　"我看得见晨曦的反光，然而我看不见太阳升起了。我还能做的只是在我的墓坑旁坐下，然后勇敢地下去，手持耶稣像的十字架，走向永恒。"他就这样大半辈子住在自己的坟墓，在坟墓里说话，在坟墓里书写。

　　《墓中回忆录》完全就是夏多布里昂的墓志铭。躲进固执的坟墓与人世的坚硬对峙，他守望自己的怠慢和尊严，孤独地超然于世，却不厌世，他更期待能把世界拉近，让世界爱上他的精神。"我的叙述将伴随着那些因发自坟墓而具有某种神圣性的声音。"这种天才自爱的才情，被马克思批判为"矫揉造作，妄自尊大"，马克思说他用最反常的方式，把贵族阶级18世纪的怀疑主义同19世纪的感伤主义、浪漫主义一起，虚伪、夸张地卖弄了。

　　但是他身后，真实的墓碑边上，后人写着"一位大作家希望在这里安息，只听海声和风声。请路人尊重他最后的心愿。"一代又一代人，越发懂他内心的柔软异常，越发渴望能在黑夜里与他同行。生命的虚荣与真实背后，人们都在寻找一个寂静、幽暗、不为人知的入口吧，那里面，是自己骨子里流着的血。"每一个人身上都拖带着一个世界，由他所见过、爱过的一切所组成的世界，即使他看起来是在另一个不同的世界里旅行、生活，他仍然不停地回到他身上所拖带着的那个世界去。"这样的话，越发被感知、被承认。无论如何，能提前向昏昧和薄情索求悼亡的坟墓，即便矫情，也属骄傲。

6.老舍：考而不死是为神

老舍走了45年，《四世同堂》《老舍五则》，甚至《十五贯》，这两年依然在舞台惊艳登场，空前热演。老舍的小说戏剧，越看越入味，越回味越隽永。他的幽默讽刺，他的温暖厚重，他京腔京韵中的疾言厉色，让灵魂的悲壮与忧伤，电光火石一般，互相撞击。

人们早在课本和电影里就认识他的《茶馆》和《骆驼祥子》……他写底层人民，写人，无论他是不是新中国第一位获得"人民艺术家"称号的作家，无论1968年的诺贝尔文学奖是否因为最终确定他已逝世才颁给了川端康成，他典范的历史地位，他永恒的文字魅力，都是无可替代地深入人心、深得民心。

老舍自己讲："没有民族风格的作品，是没有根的花，它不但在本乡本土活不下去，而且无论在哪里也活不下去。"《四世同堂》的100多万字加上其他作品的700余万字，老舍的作品活遍全世界，可是1966年8月24日的凌晨，他却步入太平湖自尽。父母给他取名舒庆春，庆贺春天的美好，他自己拆"舒"为"舍予"，自称老舍，一生老是在忘我写作，没想到"舍予"两字却也一语成谶让他自我了断。

他那《考而不死是为神》的短文，"它能把人支使得不像人了"，难道只是在讲考试制度？"代数与历史千万别联宗，也别默想二者的有无关系，你是赴考呀，赴考的期间你别自居为人，你是个会吐代数、吐历史的机器"，他讲的，难道不是人格分裂和精神分裂？

他继续拷问——最难的是考作文。在化学与物理中间，忽然叫你

082

"人生于世"，被"人生于世"憋死，不是什么稀罕的事……假若考而不死，你放胆活下去吧，这已明明告诉你，你是十世童男转身。

　　即便最消耗情感的写作最难，他仍然可以在写人的人生考场放眼天下。但他没能像陀思妥耶夫斯基那样在"罪恶的深处拷问出洁白来"，他在内心拷问的第一现场四顾茫然。"拷"而不死是为神，他死，因为他只是个人。

7.郁达夫：书生才调更无伦

"曾经酒醉鞭名马，生怕情多累美人"，富春江畔的《钓台题壁》，滔滔江水，阵阵松风，郁达夫留下他的风骨。他情多，却不滥，也不浪，他结了三次婚，还曾经与美貌的才女同居，但他不虚伪，不作假，他不是假道学，率真的用情，便是专一。他自己知道，"一点真率之情，当为世人所共谅"。

"万一青春不可留，自甘潦倒作情囚""生死中年两不堪，生非容易死非甘""几夜屯溪桥下梦，断肠春色似扬州""十日钱江水急流，满天梅雨压杭州。轻来丝米盘盘贱，我替耕夫织女愁"……"五四"以来的旧体诗，备受推崇的，当是他。也许他的小说《沉沦》《迟桂花》《出奔》《她是一个弱女子》《春风沉醉的晚上》都太有名，因此掩盖了他诗歌的光芒。

他其实更具诗人性格，1911年他开始创作，写的就是旧体诗，一切热烈与黯淡，他都可以任情适性，我行我素。也许鲁迅的"横眉冷对"更脍炙人口，因为时代更需要号角。虽说文无第一，但也许鲁迅在现代文学史的地位更高些，只是诚如邵洵美所言，鲁迅有天才少审美，叶圣陶有审美无天才，唯有郁达夫，有天才，又具审美。无意褒贬，但郁达夫的"曾经醉酒"，确实更让人喜爱，因为诗映照的，自得自傲也好，怅惘迷离也罢，和他的小说描写相得益彰，自剖式的坦诚恣肆，更直接与心灵撞击。

当然正如夏衍说的，"达夫是一个伟大的爱国者，爱国是他毕生的精神支柱"。他也积极反帝国主义，反日本侵略甚至劳过军，就是因为抗日，1945年9月17日才被日本宪兵秘密杀害。

但他那些风流韵事，还有他不愿为伟大事业牺牲个人享受的疏懒，以及军阀时代不人道制度下，他那种伤感与放纵，他的愤世嫉俗，他的玩世不恭……都让他不能被称为鲁迅那样的斗士，他只是一个纯粹的书生。

书生写小说，写诗，写散文，写山水游记；书生的书法，结字欹侧，却峻拔出奇；书生还通晓五国语言……是的，像李商隐说贾谊，书生才调更无伦。

8.乔伊斯：一天的意识流

《尤利西斯》那么厚，说的却只是三个人同一天的事。虽然只是一天，却囊括了人的一生，甚至世间万象之种切。乔伊斯的意识流，汹涌澎湃，飞流直下。写天书的人是天人吧，天人天书让人又爱又怕，爱的当然是那不言而喻的伟大，怕的是被卷入黑夜的黑暗，人性背离了高大和伟岸，被洞悉被裸露的晦涩、猥琐、世俗、日常、分裂、卑鄙……无处藏身。

被颠覆后的崩溃，难怪历史曾经要恼羞成怒把天人反击为一具散发恶臭的腐尸，把天书裁定为庸人主义、肉欲主义和虚无主义的猥亵淫书。但天书的男主人公布卢姆漫游的那一天——6月16日，爱尔兰人却把它定为"布卢姆日"，这是一个仅次于他们国庆日的大节日。这比《荷马史诗》的英雄尤利西斯还神话吧，一天，就集结了人类生命的共同年轮和共同体验。

《尤利西斯》以女主人公的梦境独白作结，那没有标点的最后一章，自然还不是乔伊斯大脑和内心的句点。乔伊斯接着用《芬尼根守灵》继续一夜的梦呓，梦的河流连绵不绝不见归处。又是一部天书，说穿人类的历史长河，从神到英雄到人，到人世的混乱，性本能、生存本能、死亡本能……直至天荒地老的孤绝，方为止境。

这样两部天书，被喻为乔伊斯的白天和夜晚。他的早晨，是《一个青年艺术家的画像》，早年的纯净、诗意和饱含激情。而小说集《都柏林人》，各自独立的《偶遇》《阿拉比》《一朵浮云》《死者》等15

个中短篇，实际上也是一个从早到晚的有机整体。乔伊斯的每一本书和整个的作品架构，都貌似只有一天，但一天，便浓缩了他流亡的一生。

他并非絮絮叨叨罗列他的遭遇和生平，他藐视过于靠近世俗的现实手法，他认为那是卑琐文体。海市蜃楼一般的情景，梦幻云烟一般的语言，是他最在乎的下意识、潜意识、无意识的内心表述。而立之年他就宣布过，"我是也许终于在这个不幸的民族的灵魂中铸造了一颗良心的这一代作家之一"，文字里一天的意识流，就是他一生的精神肖像。

9.普鲁斯特：追忆似水年华

13岁，他最欣赏女性的柔弱和纯洁，最欣赏男性的智慧和有道德。20岁，他的答案是，最喜欢男性身上温柔的、女性的迷人气质和阴柔的吸引力，最喜欢女性身上有着男性的美德，在友谊中率直、真诚……这是他在著名的"普鲁斯特问卷"回答中的一小部分，是他成长的年轮。像"杀人游戏"一样，"普鲁斯特问卷"也一直让人乐此不疲，当年时髦的法国沙龙开始流行，后来的《名利场》杂志每期都专门挑些名人来回答。他不是这个问卷的创始人，问卷却因为他的两次作答而出名，而被命名。有趣的是，他的全名，也长得像一个问卷：瓦伦坦·路易·乔治·欧仁·马塞尔·普鲁斯特。

他在问卷中流露出来的性情，以及他《追忆似水年华》中在花枝招展的少女们身旁的马塞尔，都让人联想到女人堆里混日子，潦倒不通世务，愚顽怕读文章的贾宝玉。"斯万之家""盖尔芒特之家"也颇有"峥蝾轩峻"却运终数尽的贾府影子，那个叫阿尔贝蒂娜的姑娘也堪与林黛玉类比……从出身到最本真的情欲，都像。

1984年法国《读书》杂志公布了法国、西班牙、联邦德国、英国、意大利王国报刊评选出来的欧洲十大最伟大作家，他名列第六。"1900年至1950年这五十年中，除了《追忆似水年华》，没有别的值得永志不忘的小说巨著。"这只是一种评论的声音，但皇皇巨著无疑彪炳于任何一本文学史册。马塞尔·普鲁斯特一生只为这部《追忆似水年华》，1922年他死于巴黎，1927年《年华》才完成全部的出版。像小说临近结尾那些未完成的大教堂，像曹雪芹未竟的《红楼梦》，残缺的迷醉，鲜活永恒于心。

"其中尽是幻境，尽是漂浮于景物之上的花园，尽是进行于时空之间的嬉戏、运动。"马塞尔·普鲁斯特感性的回忆以及回忆中的分析和表达，没有进展、没有高潮、没有结局的错综复杂中，他厌恶任何为需要而虚构的情节，他唯一感兴趣的是人物的内心和生活的真实。他对心灵的追索，让客观世界融入内心的表述，让人心甘情愿跟着他梦与醒，跟着他跑，然后发觉，原来跑的方向不是追忆，是回到自身。所以，往事虽不堪回首，年华虽只可追忆，但关于纯粹的执着，原来可以找回流失的时间。

10.伍尔芙：一个自己的房间

提到詹姆斯·乔伊斯和普鲁斯特，就不能不提弗吉尼亚·伍尔芙，他们是20世纪世界公认的三大意识流创作大师。

2010年，有伍尔芙第一篇意识流小说是什么的高考语文题，答案是收录在语文读本的《墙上的斑点》，墙上一个小黑点，就引发了她的无限幻觉，其实那不过是只蜗牛。2002年的奥斯卡大片《时时刻刻》，把三个不同时代的女人联系起来的，也是因了她的意识流长篇《达洛维夫人》。她的一生，意识的慌乱近乎发疯，但她说"发疯使我文思泉涌"。发疯成就了她的《远航》《雅各的房间》《奥兰多》《海浪》……成就了她女性主义先锋、伦敦文学界核心的地位，发疯也掠夺她一生的快乐甚至要走了她的命。也许天才注定命运多舛，她的精神重创其实都有根源：小时受2个同母异父的哥哥性侵，母亲、父亲相继病逝，第一任丈夫是同性恋……不幸虽然无损她的优雅，但却让她神经质，于是她一次次疯癫、一次次自杀，终于，1941年3月28日的乌斯河畔，衣服口袋里装满石块的她，以投水自尽的方式，来解除精神分裂的折磨。

离世前的《幕间》，她写贵妇人溺亡的地方，"那是一片浓绿的水，其间有无数鱼儿遨游在以自我为中心的世界里，闪着亮光"。热爱写作的她强调女人写小说必须有一个私人的、带门锁的房间，《一个自己的房间》她追问什么导致我们各自隐藏生活，自戕是她的另一种隐藏，乌斯河是她选择的另一世界的房间，她在那里，向死而生。

都说她女权主义，她确实借《到灯塔去》的莉丽把婚姻看作"丧失自我身份的灾难"，她那些隐秘的性恐惧、性冷淡以及所谓的男女同体，看似耸人听闻，于她本人却不啻是一种智慧、信心、自由、平等的精神滋养，她解构主义式的语言，也不是单一的可限定的本体概念。

自闭于房间的她，声音还是平静的，不绝对不偏激，这是因为她身边有被她视为"生命中隐藏的核心""创造力的源泉"的伦纳德，她的第二任丈夫。伦纳德接受他眼里这个"智慧的童贞女"，接受她"是冰冷的，同时也使人冰冷"，接受她一再的"精神雪崩"，更带她走出房间，走入那个被誉为"欧洲金脑"的著名的布卢姆斯伯里团体，他心里只有一个准星："她是个天才。"所以，伍尔芙走进乌斯河的房间，恐怕更重要的原因是不想再拖累伦纳德，也许她也想为他腾出他的房间，"我不能再毁掉你的生活了"是她的遗言，她确实想得太多……

11.乔治·桑：金色树林

多姿多彩的世界有弗吉尼亚·伍尔芙那样的云淡风轻，也有乔治·桑这样的沧海横流。伍尔芙出生前6年的1876年，乔治·桑去世。伍尔芙是英伦特有的保守高雅的典范，乔治·桑却是法国式的开放恣肆的表率。拿她们作比，理由只有一个，她们都是不可多得的才女。

乔治·桑甚至更多产，她的小说，从激情到空想到田园到传奇，细腻、清丽、委婉的笔下，是挡不住的万种风情。

每次刘晓庆和姜文的故事过目入耳，总是条件反射地想到乔治·桑和肖邦。地母一样的女人，总是对男人特别滋养。肖邦如果没有遇到乔治·桑，也许无从灵感迸发直达辉煌，虽然被燃烧的结局是过早变成灰烬，但没有她，肖邦恐怕连燃烧的机会都没有。

伍尔芙的人生，只认一片绿水，乔治·桑爱的，却是一片金色树林。她18岁就嫁了个男爵，27岁第一部长篇小说《印第安娜》一举成名，人们嗅出她热爱的是卢梭、夏多布里昂和拜伦。巴黎唤醒了她的情欲，肖邦之前，是于勒·桑多，还有缪塞。他们之外，传说还有拉杜什、普朗什、芒索、圣·勃夫，还有不知名的医生、批评家、演员、贵族青年、文学青年……此外，梅里美、李斯特、巴尔扎克、福楼拜、德拉克洛瓦、密茨凯维支、拉莫奈、海涅，和她的关系也非比寻常。

她一生写下包括24部小说的100卷以上的文艺作品以及自传和大量书简政论，常见的姿势却完全不是伍尔芙关在自己房间自我作业那种，谈情说爱、交朋访友、生儿育女、持家吵架、骑马跑步、跳舞绘画……

她出入巴黎金碧辉煌的贵族沙龙，身边除了上述那些情人，还有大作家雨果、大仲马、司汤达，大画家安格尔、鲁索，大音乐家罗西尼、门德尔松、舒曼……她恩赐着各式男人的同时，又从他们身上源源不断地吸取养分。尽管可以颁发文学奖给杜拉斯的龚古尔对她不认同，但越来越多的人认同雨果写的祭文："乔治·桑是一种思想，她超出了肉体，她自由了，她去世了，她却永生了。"她的确是超越时代的，所以，法国文化部才把2004年定为"乔治·桑年"。

她这个女权主义者，发胖和男人气的外表下，重要的是追求自由追求爱的茁壮内心。不是每个才女都可以成为乔治·桑，瑟瑟缩缩的人对她的激情和绚丽只有妒忌和觊觎的份。她晚年写有传奇小说《金色树林的美男子》，对应地，她也是男人的金色树林。

12.茨维塔耶娃：你睡在那个摇篮

　　玛丽娜·伊万诺夫娜·茨维塔耶娃被认为是20世纪俄罗斯最具世界性的伟大诗人之一，但无论是她18岁自费出版的《黄昏纪念册》，还是她结婚时献给丈夫的《神奇的路灯》，甚至作为俄罗斯侨民旅居柏林的非常时期那些被誉为最富创造力的《别离》《天鹅营》《手艺》，似乎都没有同时代的阿赫玛托娃的《安魂曲》那么有影响。

　　茨维塔耶娃的诗确实像她自己说的："我的诗行是日记，我的诗是我个人的诗。"俄罗斯诗歌史，乃至世界诗歌史，她是特例，有无从效仿的地位。她不匠气，但她说："我是手艺人，我懂得手艺。"艰难的一生让她的情绪无须积淀，她时刻直抒胸臆，叶甫图申科讲，"她的诗仿佛是由激情、痛苦、隐喻、音乐所汇成的雄伟的尼亚加拉瀑布"。"一旦刮起风暴——无底深渊，便横亘在左右两翼。"这是她留给世间永恒的跫音吧。

　　诗是她的生命本质，是她的人生密码，她作为一个诗人而生，作为一个人而死。她说："尚未写出的诗歌并不可惜！"她的诗是自己不断发出的咒语和预言，她的自缢，也是她诗里为自己的安排："没有哪里的野果，比我墓地的草莓更大更甜美……"她仿佛事先宣读了世界对自己的判决。她偏爱诀别，而非相逢；偏爱破裂，而非融合；偏爱死，而非生。"我所有的诗篇，都是心灵的碎银"，她爱黑夜，爱痛苦，并以死维护生的尊严。她的死，比诗更接近诗的本质。真正的诗人，总是自己的囚犯。如果说，诗是生活的意外，那么被物欲淹没的人群中，诗人的特殊性就是多余。

"诗有别才"，诗就应该只忠实于自己的内心，让人们走向它的诗才是诗，主动凑合人们的，不配称为诗，所以，茨维塔耶娃很清楚自己的价值："至于我——属于所有的世纪"。

"这样深深的倦意，即使是号角也不能把你唤起……一片肃然，看守人将我指点，你睡在那个摇篮。"茨维塔耶娃的诗行，便是她一生的摇篮，她死在她的诗行里，诗是她永远睡着的那个摇篮。

13.泰戈尔：人类的儿童

泰戈尔说："过于功利的人生就像把无柄的刀子，也许很有用，可是太不可爱了。"可爱的人总有可爱的话，真的童话。

这个世界再美妙的童话都不如泰戈尔本身来得童话。那是怎样的一生，相比，他自己"生如夏花之绚烂，死如秋叶之静美"这样的诗句都显得模糊和没有辩识度，财富、才赋、亲人、品貌、履历、成就……万千宠爱不足道。从13岁到80岁，50多部诗集、12部中长篇小说、100余短篇小说、20余部戏剧、2000余首歌曲、1500余帧画以及大量关于文学、哲学、政治的论著和游记、书简中的仙风道骨，看着他就"能知道一切事物的意义"，就能回归生命本真。他是"人类的儿童"，这样的评价，成色十足。

他是父母14个子女中最小的儿子，他的亲人，商业王子、哲学家、社会改革者、大学者、诗人、音乐家、数学家、梵文学家、评论家、小说家、剧作家辈出，富有、天才、简朴、纯洁、自由、严格、虔敬、笃信、美妙、享受、和平、真爱、机敏、潇洒……那样的家庭土壤，怎能不诞生来自他诗歌的印度和孟加拉国歌，怎能不诞生他奉献给神的拿下诺贝尔的《吉檀迦利》："在那里，心是无畏的，头也抬得高昂……在那里，智识是自由的……在那里，话从真理的深处说出……"泰戈尔是梵文"塔克尔"的英文变称，是孟加拉人对"圣"的尊称，所以没有理由不相信，泰戈尔的一家，是天使集体到人间度假。

《园丁集》那亮丽清透的世界，《游思集》那夜色里的安宁和不眠的静谧以及清晨的啁啾，《随想集》那没有话语只有用笛声去填补的人与人之间横亘着的无限的天宇……泰戈尔的心从没老过，他一生清新与灵性的芬芳就像他的诗，不必押韵、不需雕琢，却最能说出生命、自然乃至宇宙本身。

当然他也会有"世事的荒诞和巧合，总让人无法言说"的痛苦，但他说，他的痛苦永远新鲜。

永远新鲜的人类儿童啊，又一语道破天机："我不能选择那最好的，是那最好的选择我。"

14.显克维支：你往何处去

彼得在逃离罗马的途中巧遇基督。他跪在地上问道："主啊！你往何处去？"基督答道："因为你离开我的子民，我现在要到罗马重竖十字架去。"这是波兰语言大师、1905年度诺贝尔文学奖获得者亨利克·显克维支写于1896年的《你往何处去》的情景。据说这部小说当时出版不到两年，仅英美就销售了两百万册，被公认是显克维支的扛鼎之作。

之前的1882年至1886年，《火与剑》《洪流》《伏沃迪约夫斯基骑士》是他反外国干涉和异族侵略的三部曲。18世纪末，改革失败的波兰被列强瓜分，无处可去，在欧洲的政治地图上消失。三部曲出版的时候，波兰人民已在外国奴役中度过了将近一百年。

之后的1900年，他又出版长篇《十字军骑士》，写的是15世纪波兰、立陶宛人民联合抗击日耳曼十字军骑士团的侵略并取得历史性胜利的一段光辉历史。

这些赫赫有名的历史小说，让他赢得瑞典文学院"既巍峨高大，又浩瀚广阔"的评价。好一个华沙中央大学历史系毕业生，人们称道他的爱国，他思想和历史观的睿智，但他《毫无准则》《波瓦涅茨基一家》等现实主义长篇同样举足轻重，还有他的《旅美书简》以及讲述波兰侨民在美国悲惨生活的《灯塔看守人》和《为了面包》等短篇，一样充满现实主义的客观性，优美澎湃的语言驾驭同时，他不忌讳对同胞缺点的严厉谴责，也不吝对敌人才能和勇气的称赞。或许正因此，才唯有他，能让波兰古老的史诗艺术达到巅峰。

无论历史还是现实，他试图启示人们的，都是人性对兽性的胜利，是仁爱对暴政的鄙视，是进步理想和坚定信念的欢呼。

所以，我们看见《灯塔看守人》那个"腰背伛曲了下来，唯有目光还是很亮"的老人，才"不时地用手去抚摩"他怀中的那本诗集。这是海明威"一个人可以被毁灭，但不能被打败"那样的力量。

所以，《你往何处去》的基督徒彼得，才能够明白基督的启示，从而勇敢乐观地殉道。

人世的恍惚，像《十字军骑士》雅金卡突然看见像一位王子似的兹皮什科时，手里的一桶葡萄酒差点就掉下地去。现实的路不比小说中的好走，显克维支虽然出身贵族，但随着父亲庄园的破产，他也遭遇窘迫和清贫以及艰难的时世，却反而得到磨砺与锤炼并驰名寰宇。放下书，是该自问一声：你往何处去？

15.索尔仁尼琴：良知的光芒

二战结束，他批评斯大林，揭露《古拉格群岛》劳改营对人性摧残的罪恶，坐了八年监狱，遭流放，被开除公民资格，被驱逐出境。

但他居然把牢房当作情人，他从牢房里倾听到灵性的声音，认识到自己的内在生命。漆黑的夜晚，有光，照亮他心中的黑暗。

他一生，浓彩重墨都献给了人类的信仰和道德根基，他追求爱、怜悯、公义和宽恕，领取诺贝尔文学奖的演讲中他清晰而坚定地表示："我绝不相信这个时代没有放之四海而皆准的正义和良善的价值观，它们不仅有，而且不是朝令夕改、流动无常的，它们是稳定而永恒的。"

他以批判者的方式深深爱着自己的祖国，但他批来批去却从来都不是一个有政治野心的人。他只是有自己的政治理想，不把爱祖国盲同于爱政权。他只是呼唤对作家自主创作权利的尊重，对思想者自由思想权利的尊重，对批判者独立批判权利的尊重。

可是政权却不容他，让他流亡大半生，留给历史一声浩叹。

苏联解体后，他写了第一本回忆录《牛犊顶橡树》，一个像牛犊一样的倔强老人执拗地顶着坚硬的橡树。历史长河的背景下，这个被定格了的永恒的抵抗形象就是索尔仁尼琴。他可以接受叶利钦的邀请回归俄罗斯，却不接受颁发给他的国家奖章。后来，他接受普京亲自去他家颁发的这枚奖章，那是因为他觉得起码有了民族主义的立场。

普京说："全世界成百上千万人把索尔仁尼琴的名字和创作与俄罗斯本身的命运联系在一起。"所以，世界文学史上篇幅最宏大的《红轮》被全世界推到了脱帽致敬的高度。

但人们理应更加记住他说过的那句话，"一句真话的重量比整个世界还要重"。这应该是人类的共同良知，普世的终极价值。因为有他的坚守，人类社会永远都需要这种叫作索尔仁尼琴的良知。

比起任何权势和显赫职位，良知自有它的光芒。

16.夏洛蒂·勃朗特：本来就如此

夏洛蒂·勃朗特的一生，只在生命尽头的1854年有过一次极其短暂的婚姻，却写出《简·爱》波澜壮阔的爱和男女主人公长久而强烈的心灵感应，这应该是拜布鲁塞尔那个叫黑格的老师所赐，貌似有文化有涵养，率直爽快中带点粗鲁容易激动的大叔，任何年代都比小正太对女孩更有杀伤力。当初如果她的感情能被他回应，兴许她不会寄情于字，兴许不会有《教师》和《简·爱》的梦呓，幸福小女人兴许就是她的一生……

"我克制不了我的惋惜和焦虑——这是令人惭愧的"，这是夏洛蒂苦苦等待黑格复信的心灵乞求。"要是上帝赐予我一点姿色和充足的财富，我会使你同我现在一样难分难舍"，这是简·爱渴望与罗切斯特之间可以没有高低、没有怜悯的爱情宣言。甚至罗切斯特假扮吉卜赛人的情节，也是夏洛蒂对黑格拒不回信的一种隐秘假想与心理自慰。

现实没有实现的爱和尊严，在字里实现。梦幻中，多少隐讳萦回的感受。黑格让她低到尘埃，于是简·爱必须对罗切斯特讲："我的灵魂同你的灵魂在对话，就仿佛我们两人穿过坟墓，站在上帝脚下，彼此平等——本来就如此！"于是结局必须是罗切斯特庄园毁了，人残疾了，他们才结婚了。也许夏洛蒂认为，这样他俩的爱就平起平坐，就有了尊严。

夏洛蒂拒绝过女友的哥哥，拒绝过年轻的牧师，都是因为觉得他们不过是《简·爱》中圣约翰·李维斯那样按部就班要娶个妻子而已，并不是真正爱她。真正爱她的，或许她的一生中只有她的父亲，一个孕育勃朗特三姐妹才华的剑桥圣约翰学院高才生。她们姐妹之所以不愿离开家，也许放不下对父亲的眷恋，不知道有没有人去考究她们姐妹是否有恋父情结。

可怜这个没有带给她们美貌和财富的穷牧师，带着她们离群索居追寻精神自由和人性尊严的结局，只落得孑然一身。夏洛蒂才活了39岁，艾米莉30岁，安妮29岁。勃朗特三姐妹作为英国文坛的奇特现象，奇特在于一门三不朽，奇特还在于都早早香消玉殒。甚至夏洛蒂的其他三个同胞姐弟更是昙花一现。

显赫不过是身后的声名，生前的卑微，让心灵脆弱，于是对爱的追求容不得半点杂质和伤害，于是罗切斯特放着美丽动人的贵族小姐英格拉姆不娶，也让从不掩盖拜金真面目的世界质疑。但是简·爱这样一个让人类感知苦痛深度以及忍耐力量的知识女性，她的呓语，是灵魂升华的恒久声音。

17.川端康成：不灭的美

《夕照的原野》，落日熔金，嫣红万丈，余晖与青草相缠绕，那种热烈与落墨，定格成不灭的美。

感受同样的美，爱着同样的爱，因为爱，所以爱，与诺贝尔的光环没有太直接的关系。

过分的怀才不遇让才能无从发挥，过高的声誉荣耀又让自由无从驰骋。雪花飘落于心，苦闷忧郁，感伤与孤独是他的《雪国》，也是人心无尽藏的《古都》，虽然不至于完全虚无，却是无边无涯的无常、虚幻至死的幽玄渗透。

是的，就是那样一种幽深、玄妙中的清馨与淡雅，美得让人幻灭。但川端康成自己说，他只是用他的风格去歌颂佛典的虚幻。

山口百惠和三浦友和在他们最美好的年龄演绎了他的《伊豆的舞女》，那才是世界影坛公认的最为干净剔透的初恋。《伊豆的舞女》，女性美，无疑是川端康成的典型标签。青山绿水与纯净爱情，清新空灵的唯美，很具自传性。他笔下的美好女性，一颗善良的心就是一席永恒的筵席，淳朴、温暖、天真、朦胧……纾解着他的郁结。所以他说："女人的恨，不就是爱吗？"

"人们在庭院的草坪上放焰火。少女们在沿海岸的松林里寻觅秋虫。焰火的响声夹杂着虫鸣，连焰火的音响也让人产生一种留恋夏天般的寂寞情绪。我觉得秋天就像虫鸣，是从地底迸发出来的。"他对美的惨淡经营和苦心孤诣，让人倍觉悲凉与惆怅。

但是美的热烈执着，一脉相通，哪怕是生死两极。

字里，"船开了，舞女的身姿渐渐远去，消隐。他沮丧地躺在床上，眼泪扑簌扑簌地往下淌"。字外，当俊美的三岛由纪夫绝尘而去，他即便荣获诺贝尔才三年，他也毅然决绝自杀。没有遗书，没有只言片语，但走前的十年，他说过，"自杀而无遗书，是最好不过的了。无言的死，就是无限的活"。

"最后什么也没有留下"，那是他的理想境界，是他毕生追求的和谐与幸福。他和三岛由纪夫相继离去的死亡之美，也许是他们的《独影自命》，但他《花未眠》里那个萦回不散的"美是邂逅所得，是亲近所得"的意绪，让世人知道，他其实长眠于他的《不灭的美》。

18.博尔赫斯：存在的玄妙

"我和我的爱之间，必将隔着三百个黑夜，如同三百道高墙，而大海必将是我们之间的魔法一场。"阿根廷作家博尔赫斯这样说，但他却和膜拜着他的中国作家一点不隔，他，甚至被奉为"作家们的作家"。他的一切纠结矛盾，一切晦涩重复，一切神秘梦呓，一切圈套迷惘，莫不成为中国作家的写作罗盘。

从他成名的《小径分岔的花园》开始，他一直都有一种独特的虚构本领营造时间和空间、真实和模糊的迷宫，这让世人迷恋。这个世界居然有《巴别图书馆》那种"包含了所有书籍的书籍"，居然有《环行废墟》那样踏进火堆却发现自己是被创造的幻影而不被灼伤的男孩……博尔赫斯精短并洗练地用他的诗化思维，用他让人望尘莫及的贵族气息，把东方的玄学和宗教解构并重组在他的诗文里，到处机关陷阱，到处拐弯抹角，到处断垣残壁，到处真假莫辨……但"每一粒沙子都有专属于自己存在的时间与空间，细心的人甚至可以辨别出每一缕风的颜色"，有造化就能享受日落之哀伤和日出之辉煌，就能找到一个由虚无走向真实的出口。

"既然世上万物只有火知道他孩子的秘密，那就让水来浇灭他可能遇到的所有的火焰。"世界就是否决与被否决，臣服与被臣服……宇宙就是一个梦套着一个梦，人人都创造与被创造，自成敌我，也自我成全。"他朝火焰走去。火焰没有吞噬他的皮肉，而是不烫不灼地抚慰他，淹没了他。他宽慰地、惭愧地、害怕地知道他自己也是一个幻影，另一个人梦中的幻影。" 博尔赫斯梦里的男孩让世人入梦，人们走进他造出来的被无数遍印刷的梦里，触摸存在的玄妙。

而他，也因此玄妙。他面对万众的吹捧和敬意也感到苦闷，他会怀疑世界只是一个人召唤来的虚幻。但谁能想到，晚年他即便双目失明，他仍一点不虚幻地以口授的方式继续创作且成就惊人。他的生命，因玄妙而美丽，美丽得就像他的诗，"突然间黄昏变得明亮／因为此刻正有细雨在落下"。

19.帕斯捷尔纳克：各种羡慕嫉妒恨

1958年，鲍利斯·列奥尼多维奇·帕斯捷尔纳克得知自己获得诺贝尔文学奖的时候，想必他的姿态是低到尘埃的那种，不然他不会又是感谢激动，又是惊讶惭愧，那么多语无伦次的感叹号。可是，即便如此谦恭，他和他的《日瓦戈医生》依然遭受当时苏联文学界的大批判，并因此不得不拒绝领奖。

其实，他和作为另一个他的日瓦戈医生，只不过是比较坚持个性化的抒写，坚持自己的理性判断，即便可能因此影响了对现实的评价和对生活的审视，也不过是一个知识分子对祖国的当代反思。

诺贝尔没有给他的生命带来荣光，却反而招致屈辱和灾难。相比后来"谢绝一切来自官方荣誉"主动拒绝诺贝尔的萨特，他被奖牵累的悲情无可复制。虽然检讨之后他得以留在自己的祖国，可是人格上的伤害无异于慢性自杀，很快，两年后的1960年，他在贫穷、痛苦和孤寂中病逝。

而今《日瓦戈医生》的艺术成就和世界性影响无论如何是盖棺定论了的。俄罗斯本土认为是托尔斯泰《战争与和平》之后又一气态非凡的历史写照，法国加缪认为它充满了爱，英国几十位作家早就联名表示那是一个动人的个人经历的见证。1986年，苏联作家协会也已正式为帕斯捷尔纳克恢复名誉。

以土地和生命为经纬的探索，却被众多没读过的人批判"缺乏公民的良心和对人民的责任感"，这当中，有人怕丢面子是根源，各种羡慕嫉妒恨也是因由。诺贝尔不过是导火线，谁让他家学渊源，父亲是著名画家，母亲是著名钢琴家的学生，还有那个与父母过从甚密的里尔克从小就启发他对诗歌的爱好；谁让他小说之外，还是可以写出"正午的黑夜，暴雨是她的发梳"这样美妙句子的诗人，还是莎士比亚四大悲剧和十四行诗、歌德《浮士德》、席勒《玛丽亚·斯图亚特》的翻译家；谁让他要"所有人都溺死在伪善里"那么愤怒……

幸好，1926年的夏天，他和茨维塔耶娃、里尔克的《三诗人书简》，彼此成为最珍惜的对话者，一样不妥协的激情，一样绝对孤独的需要，一样的对精神同类的诉求。

幸好，日瓦戈医生有娜拉的爱，帕斯捷尔纳克没有伊文斯卡娅便不是帕斯捷尔纳克。他们相爱十三年，"别睡，别睡，艺术家，不要被梦魂缠住，你是永恒的人质，你是时间的俘虏"，情诗里，或许是另一种羡慕嫉妒恨。

20.博胡米尔·赫拉巴尔：底层的珍珠

在捷克，平民眼中最受欢迎的，不是米兰·昆德拉，是博胡米尔·赫拉巴尔，这位当过士兵、推销员、仓库管理员、炼钢工、废品回收打包工、舞台布景工的大作家，其实二战之后年近半百才开始写作，但是他的书通常都是一上架就被一抢而光。不但叫座，还叫好，捷克名导门泽尔根据他的书拍摄的电影《被严密监视的火车》还获得了奥斯卡最佳外语片奖，《线上的云雀》也拿下柏林电影节金熊奖。

他的故事大都来自他丰富的人生体验。巅峰的《过于喧嚣的孤独》就是他当废书打包工的经历，主人公"在这个世界上唯有我知道，哪个包里躺着——犹如在坟墓里——歌德、席勒，哪个包里躺着荷尔德林，哪个包里是尼采"，源于生活的智慧，让他身上蹭满了厚实的文字。再不堪的环境都能有滋养，这便是大师的高度。

可是他又很大众。比起米兰·昆德拉的深邃和沉重，他那种平民式的幽默、揶揄和调侃，当然还有从容、松散和自然，更让人受落。平实的叙述总带着不事声张的戏谑，而更加难能可贵的是，他还紧贴着你的心灵，他娓娓讲述的一段段时光，像人们所理解的散文或回忆录，人们都忘记那原本是小说。芸芸众生的俚语笑话轻而易举就被他收藏于心，描绘于字，让人深陷其中，不能自拔，心头总会掠过像"那对没有调整好的前灯：一个照着壕沟，另一个却照着天上"那样的《甜甜的忧伤》，然后学着用那双眼睛，"一只看着最高处的永恒，另一只看着地面"。

《我曾侍候过英国国王》，同名电影和他的小说一样，一开场就是那段脍炙人口的独白："我最爱干的就是到火车站去向车上的乘客卖香肠这档子差事了……我气喘吁吁地站在那里，手里捏着纸币。这可就是我的了！"强大的气脉没有诀窍，那完全就是民众的志趣，所以所向披靡。

就如让他成名的那部书名，他一直都是一颗《底层的珍珠》。

21.约翰·克利斯朵夫：呼吸英雄的气息

约翰·克利斯朵夫被公爵称为"再世的莫扎特"，罗曼·罗兰，法国的思想家、批判现实主义作家、音乐评论家和社会活动家，他的人生画卷和作品风格，也是一阕大交响乐。被誉为20世纪最伟大小说的《约翰·克利斯朵夫》，长达十大卷；《贝多芬传》《米开朗琪罗传》《托尔斯泰传》，名人传记也是一举三元。

1915年诺贝尔文学奖高度评价了他作品中的高尚理想以及他在描绘各种不同类型人物时所具有的同情和对真理的热爱。他一生为争取人类自由、民主和光明，坚韧不拔，甚至被称为"欧洲的良心"，但他表示，除了"诚恳"二字，并不希望别人承认他有什么别的优点。

约翰·克利斯朵夫的祖父，从小就给他讲历史上的伟大人物，教他在内心呐喊"我是一个作曲家、一个伟大的作曲家"，并一直以做名人和出名来诱导他。而他的舅父则告诉他，"你为要做一个大人物，为要叫人佩服才写的，这样的东西不能打动人"，舅父给他输送了大自然的灵魂……他终于知道，"一切自命高贵而没有高贵心灵的人，我鄙薄他，当他如一块污泥"。他终于知道，艺术和阳光一样，"太阳既非道德的，也非不道德的，它是生命，它战胜黑暗，艺术亦然如此"。这里面，罗曼·罗兰对生命和艺术的病态和健康、融和与冲击、奋斗及激情的描绘，是人类共同的心灵写照。

而贝多芬的"在伤心隐忍中找栖身"，米开朗琪罗的"愈受苦愈使我喜欢"，托尔斯泰的"我哭泣，我痛苦，我只是欲求真理"，也都让罗曼·罗兰如痴如醉。"世界喘不过气来了。打开窗子吧！让自由流通的空气吹进来！让我们呼吸英雄的气息吧！"英雄巨大的精神力量和人格魅力，你呼吸得到，你就有生命力："人生是共同使用的葡萄园，一起栽培，一起收获""人生是一个永不停息的工厂，那里没有懒人的位置""很清楚，前途并不属于那些犹豫不决的人，而是属于那些一旦决定之后，就不屈不挠不达目的誓不罢休的人"……罗曼·罗兰，留下太多太多关于励志的名言让我们呼吸。

22.卡夫卡：地狱的天使

卡夫卡和他小说里的主人公，都是一种"不幸存在"，他很清楚自己在现实中的命运："我只能挨饿，我没有别的办法。"他只是一名保险公司的职员，为了饭碗总是恪尽职守以期获得赏识；他多次订婚却终生未娶；他41岁便死于肺痨……卑微、晦暗、支离破碎的一生，天可怜见，一米八二的大帅哥，他一早知道自己"是完全无用的""必将像一只狗一样完蛋"，他一直都生活在现实和内心的巨大分裂和痛苦中。他只是一个业余的作家，只有熬夜才能在字里建造他自己的地下世界。

他是如此沉迷于他的地下世界："没有人能唱得像那些处于地狱最深处的人那样纯洁。凡是我们以为是天使的歌唱，那是他们的歌唱。"所谓正常人不寒而栗的地狱之歌，被他感受为温柔的天使之歌，"正如人们不会也不能够把死人从坟墓中拉出来一样，也不可能在夜里把我从写字台边拉开"。他在别人眼里"舌头有时灵活得令人惊讶"，暗地里他却写下"我和别人谈话是困难的"。他说"每个人都生活在自己背负的铁栅栏后面"，所有的捉摸不透，都蕴含于他简约的文字。《判决》《致科学院的报告》《饥饿艺术家》《地洞》《城堡》《诉讼》……他写的那些他的化身，人置于非人处，内心的隐秘昭然若揭，存在的荒凉赤裸呈现，也许都没什么惊天动地了不起，甚至都是些单调沉闷的事，他却写得让人销魂蚀骨，缘于他对自己炼狱一样的孤独宿命洞若观火吧，他享受孤独一如猛兽嗜血，以致同样寂寞入骨的村上春树也有一个《海边的卡夫卡》。

在生时默默无闻，身后的大热却经久不衰。世事的变异一如他字里的人生变异，荒诞而讽刺。是社会神经绷得太紧让人们都爱上疯子？是人们从他身上觉知了真实的存在？是的，《变形记》没有时空的限制，没有具体的时间、地点和背景，虚幻与现实没有分界线，那么远又那么近。功利浮虚的时代，自觉的存在者，都愿意在他面前停留，看一个连绝望和悲伤都那么坚定，超越自厌和自虐，阴暗忧郁却也明净奇诡的地狱天使。

23.艾略特：高知的空心人

托马斯·斯特尔那斯·艾略特绝对是个高知。他生于美国，读哈佛的哲学和比较文学，同时研究梵文和东方文化；20岁开始创作；22岁游学法国梭尔邦；之后重回哈佛修完哲学博士学位；26岁又转投牛津，和著名诗人庞德一起，创作他们的新古典主义诗歌，27岁《普鲁弗洛克的情歌》便一举成名；39岁加入英籍，从此成为英国文坛最卓越的诗人及文论家。

他生于19世纪，出生年的尾数是三个8，却没经商发财，他先做教师和银行职员，后来写诗，写诗剧，写文学评论。20世纪20年代他和海明威、菲茨杰拉德他们一样，都是"迷惘的一代"代表，中年以后才追随他的母亲，在宗教诗的创作中获得灵魂自救，终至功德圆满。

赫尔曼·黑塞的《荒原狼》很伟大，艾略特34岁写的长诗《荒原》也一样划时代。他用他专业的诗的哲性，沉思并抒写乱世的悲情和救赎，荒凉的历史，冰冷的现实，迷惘的人生，一切庸碌、空虚、贫乏、怀疑和毁灭，都无从遁逃。37岁他写的《空心人》更加绝望："我们是空心人……有态而无形，有影而无色……而人声只是在风中歌唱……世界就是这样告终的，不是砰的一声而是一声抽泣。"两次世界大战的时代，给了他不幸的境遇，他却用诗让这历史境遇变得伟大。

失去灵魂的空心人，只得寻求宗教中的解脱。42岁他写长诗《灰星期三》，47岁写诗剧《大教堂谋杀案》，全都宗教色彩厚重。但这枚高知的头颅，有的是无可辩驳的学识，他警醒、冷静、反讽、虔敬、承诺的精神基点和情感质地，他茂盛如森林的丰富思想，从来都让人无限激赏。

功德圆满是60岁的《四个四重奏》，不但为他赢得了诺贝尔文学奖，更重要的是，从英国到美国，从乡村到教堂，他用他一生四个值得纪念的地方，模仿了贝多芬的四重奏，以5个乐章的诗篇，在哲学宗教的冥想中，在他文情一致的古典天空下，完成了幻灭与自救的九九归一。

24.埃米尔·左拉：镜头前后

在别人的镜头前，生在19世纪的埃米尔·左拉，留下的相片也许不会太多，但有意思的历史画面不曾少：我们的初中课文，有《福楼拜家的星期天》的莫泊桑，有《最后一课》的都德，而莫泊桑笔下"黑色的眼睛虽然近视，但透着十分尖锐的探求的目光"的左拉，那个星期天跟在屠格涅夫、都德后面第三个出场，"当福楼拜的激情冲动过去之后，他就不慌不忙地开始说话，声音总是很平静，句子也很温和"；19世纪末，巴黎某条僻静小街某幢简陋房屋，顶楼住的是他和塞尚，两个清贫却光辉的人，相得益彰；而1898年1月，他为犹太血统的法国军官德雷福斯伸张正义的一声"我控诉"，唤醒了民众的良知，终使德雷福斯蒙冤22年之后被宣告无罪，正义得以昭示，而他，却留下未完成的《正义》；1902年9月29日，他朝书架伸出双臂，抛掷虚空的笔，说着"重新开始"然后离世……

从28岁到53岁，他用26年的时间，写成包含《小酒店》《娜娜》《金钱》等20部长篇、600万字、1000多个人物的《鲁贡玛卡家族的自然史和社会史》，从拿破仑三世上台到1870年普法战争法国告败，19世纪后半期的法国，从资本主义向帝国主义过渡的一系列重大事件和社会矛盾，巨著气势雄浑自不必说，重要的是，他相信人性取决于遗传，缺点和恶癖造成的人物悲剧都是因为生理官能上的疾病。他不怨社会，他认为医疗与教育相结合，可以使人性臻于完善。

如此信奉自然和科学的他，才会在1888年迷上新兴的摄影术。巴黎那间叫盖尔波瓦的咖啡馆，他和塞尚是常客，莫奈也常去，还有法国的摄影家纳达尔。就是纳达尔，在左拉的强烈要求下，将神秘的摄影术介绍给他。

他自己走到镜头后，便成了伟大的摄影家。他买下不少于十台的照相机，他有三间暗房，他自己冲洗黑白负片，他喜欢不同角度取景，他时常抓拍，他从不修饰。1988年出版于纽约的画册《左拉：摄影家》展现了他拍的200多幅照片，包括1900年的世界博览会、埃菲尔铁塔、他的乡村居所，还有他最为着迷的妻子和孩子的肖像。实际上，从1894年到他去世前，他拍下的画面，有数千个。他的镜头下，不露声色的自然记录，几乎又是一个完整的时代。

25.劳伦斯：灵与肉的思辨

　　禁锢的人们曾经被国产的《男人的一半是女人》和《一半是海水，一半是火焰》吞噬，来自美妙英伦的《恋爱中的女人》《虹》《查泰莱夫人的情人》就更无从抗拒了。戴维·赫伯特·劳伦斯短暂一生10部长篇的情欲书写，性爱澎湃，灵肉绞缠，让世上食色男女的各种羡慕嫉妒恨继往开来，历久弥新。书里的战斗，他以非凡的热情与深度探索的精神指挥了一切，他老早就宣称"血和肉比才智更高明"；书外也是硝烟弥漫，一边是批判的声音从未消弭，一边是升华到哲学和美学的极端激赏与崇拜。但所谓最令人震惊、最引起争执，实际上也是对天才的评价。只是，天才，其实也是他父母催化的另一个结果。

　　他的成名作《儿子和情人》，矿工沃特·毛瑞尔畸形的家庭关系，正是他一家的写照。他严重的恋母情结从不掩饰，"我们相互爱着，几乎像丈夫跟妻子那样的爱，同时又是母亲与儿子的爱。我们俩就像一个人……"他审美的天秤理所当然地倾向于文明的母亲，也许他把父亲野蛮粗鲁的一切不齿都归咎于父亲的职业，于是他一直在小说中把煤矿业作为丧失人性本能的原因与象征。但你能说他不爱他的父亲吗？不知道他出身上流社会有着良好修养的母亲，为什么会嫁给他那当矿工缺少教育的父亲；不知道1885年，他是如何在父母的战斗中来到人世；不知道他的书为什么几乎都是下层男人和上层女人的结合……他的父亲，让他获得丰富的社会经验，让他远离上层男人的萎靡，也让他的书写有了本能的力量，一切的矛盾和冲突，让生命力和想象力越发饱满。

当然他也知道，再背经离道的女人，骨子里也还渴望"男性的柔情"，那才是爱的根源。为了开发男性的软肋，他甚至还构想出很多的兄弟情，疑似断背先祖。

灵与肉的思辨，一定不是四目交视就有的，一定是在攻城略地、吮痈尝秽中才能完成的。劳伦斯写的诗："始终／在我的核心／燃烧着一片小小的／愤怒的火焰吞噬着我／因为越过界线的抚摸／因为爱情炽热的深入的手指……"他是20世纪英国小说界和诗坛的弗洛伊德，他对性爱的洞幽烛微深入人心，诺贝尔没有选择他，是彼此的遗憾。

26.契诃夫：没意思的故事

　　安东·巴浦洛维奇·契诃夫一生写了七八百个鸡零狗碎的小人物故事，身为世界级幽默讽刺大师，却自觉多是无甚价值与无趣，甚至29岁他都把写的中篇小说定名为《没意思的故事》，他说："如果缺乏明确的世界观，就不是生活，而是一种负担，一种可怕的事情。"

　　和他齐名的马克·吐温，幽默背后有灼人的愤怒，他一定也痛苦。他骨子里是爱小资的，他"想做一个自由的艺术家"，要有"最最绝对的自由"。可是，他最浪漫最有意思的一天，也许是死去的那一天。1904年7月15日，那个再普通不过的夏日午夜，合欢树、葡萄藤静谧中还散发着清香，久病的他接过妻子递过来的一杯香槟，露出习惯性的笑容，留下最后一句话"很久没喝香槟了"，他干了那杯香槟，侧身躺进永恒的梦境。

　　我们都知道他的《变色龙》，他的《套中人》，因为那是俄国文学史上精湛完美的艺术珍品，它们分别成为见风使舵和因循守旧的代名词。而他写的那些《胖子和瘦子》《小公务员之死》《凡卡》《农民》《在峡谷里》《带狗的女人》《姚内奇》……也全都是些庸俗猥琐的嘴脸。他对浑浑噩噩的、半死不活的生活是无比厌恶的，而把这些写出来，无异于在伤口上撒盐，对自己的伤害一定无以复加。鞭挞专制暴政，暴露丑恶现实，揭示黑暗时代——这些，远非歌咏阳春白雪可比，那需要怎样的心力，那是怎样的自虐。他一定是一边写一边被自己压榨的，有时候想，像他这样的现实主义批判作家，也是他写的独幕剧那

122

样，是《一个不由自主的悲剧角色》。

　　人们一直认为，他提笔就像拧开水龙头，无须编故事，无须构思，人物不请自来，情节信手拈来，任何角度都能开篇，任何章节都可以断流。但，他的客观背后，难道没有主观精神的折磨？他的简洁直接深处，难道没有复杂与矛盾在流淌？何况，他的思想立场从未超越民主主义范畴，他笔下纵偶有新人，新人也不知道如何创建新生活，新生活的渴望始终朦胧。

27.济慈：明亮的星

　　浅薄让人们津津乐道于梁洛施的伊莎贝拉，遗忘让人们不记得约翰·济慈的《伊莎贝拉》。这似乎应验了济慈自己的诗句："这处那处都没有光，一些天光被微风吹入幽绿，和青苔的曲径。"也许世界从来如斯，所以济慈的鹅毛笔才如此飞舞，"我要一饮以不见尘世，与你循入森林幽暗的深处"，所以25岁他就断然离世。

　　"我不能看清是哪些花在我的脚旁，何种软香悬于高枝"，济慈短暂的一生满是艰辛，英国的大诗人中几乎没有谁比他的出身更为卑微，偏又8岁丧父、14岁丧母。然而他写，"但在温馨的暗处，猜测每一种甜蜜／以其时令赠予／青草地、灌木丛、野果树／白山楂和田园玫瑰""满满一杯南方的温暖，充满了鲜红的灵感之泉，杯沿闪动着珍珠的泡沫，和唇边退去的紫色""永生的鸟啊／你不为了死亡出生／饥饿的时代无法把你蹂躏"……不怨天尤人，不放浪形骸，他有的是沉静与温柔，纯粹和明亮。

　　是的，他就是一颗《明亮的星》："头枕爱人酥胸，永远吮吸，那温柔起伏所流淌的爱意，永远在那甜蜜里尽情嬉戏，让我倾听着她温柔的气息。"

　　2009年5月上映的电影《明亮的星》，直接就以济慈这首诗命名，济慈和范妮·布朗神圣纯洁的爱让人动容。1820年初春，24岁的济慈为了省钱坐在马车外面被雨淋个湿透，因此咯血不止，因此他知道他像他母亲和弟弟一样得了肺结核，因此他不再让范妮接近他，却坐在窗前看着范妮并每天给她写信……而他死后，只有19岁的范妮为他服了7年丧，直到去世还都一直带着他送给她的订婚戒指。

"你跳进湖里，目的并不在于，立刻游向岸边， 而是置身在湖里，沉浸在水给你的感觉之中。"他们并没有结婚，他们只是伦敦北部汉普斯泰德的邻居，济慈在那儿也仅仅住了十八个月的时间，但是因为范妮，那十八个月成为这位浪漫主义诗人创作的巅峰时刻，爱情的力量让《圣艾格尼丝之夜》《秋颂》《夜莺颂》《致秋天》相继问世。

这颗与雪莱、拜伦齐名的明亮的星，24岁停笔时，对诗坛的贡献已大大超越同一年龄的乔叟、莎士比亚和弥尔顿。

28.毛姆：内心的呼唤

如果说英国最会说话的是王尔德，那么英国最会讲故事的则是毛姆，虽然他从小就口吃。小说、戏剧、游记，他一生讲了多少好故事。

两次世界大战的间隙，《周而复始》《比我们高贵的人们》《坚贞的妻子》那些戏剧，就因为故事的精妙而横扫伦敦的舞台，以致曾经出现同时上演他的几台戏剧的空前盛况。

而他的小说故事，易读，不实验，不先锋，但无论隐秘曲折的叙说技巧，还是独特怪异的人物形象，却都让人唏嘘并感悟：《刀锋》一心想要探求人生终极的拉里，最后终究遂愿大隐大归；《月亮和六便士》的克兰德，人生过了大半突然舍弃一切去和土著一起生活并创作出大量艺术杰作；《人性的枷锁》中跛腿的菲利普弃医从文，几年写了几部小说，虽然没有一部能"使泰晤士河起火"，但他最后依然遇见他最想要的健康、自然和平静……

反观毛姆本人，不满10岁父母双亡，加上矮小、结巴，被欺凌、被折磨是家常便饭，阴暗、孤僻、敏感、内向，可以说苦大仇深的性格特征都占全了。可是他竟能越过刀锋，挣脱人性的枷锁，以自己的趣向为旨归，以自己的内心为航标，凭借自己的智慧和意志找到自己的心灵港湾。

他不仅自己破茧成蝶，更讲了那么多故事造福他人，这是一种多么美好曼妙的抵达。诚然，"一把刀的锋刃很不容易越过""得救之道是困难的""每个人都被囚禁在一座铁塔里，只能靠一些符号同别人传达自己的思想"，残酷的现实面前，人人都有矛盾和不安，都有痛苦和彷徨，但毛姆的故事，总能让人释然。月也好，星也罢，都仅仅是宇宙的一分子，生活归根结底只是满足一个人的乐趣而已。做自己最想做的事，生活在自己喜爱的环境里，淡泊、宁静，有根、有道，回归内心的呼唤，那是毛姆那个世纪西方人的追求，也一定与任何世纪全人类的内心吻合。

29.里尔克：你要爱你的寂寞

　　"我的目光在成熟，每道目光，所渴望的物，显现，如新妇""我们仿佛雨滴，点点飘落，飘落处，大地骤然绽放鲜花"……奥地利诗人莱纳·马利亚·里尔克的诗，有口皆碑都说它们有声音，有造型，有音乐的美，有雕塑的美。甚者，"亲爱的先生，你要爱你的寂寞"，他这么一声天籁一样要命的告慰，完全可以让人入定。当时光俯下身躯，当地球各个角落越来越多宅在寂寞里激动和热爱着的人，他的《秋日》，恐怕冯至、北岛等9个译本都还不足填补需求缺口吧，人们躺在他怀抱的愿望，有如牛顿站在巨人肩膀的想法。作为大雕塑家罗丹曾经的秘书，他和他的诗，有如中国的山水画，静谧中，一根线条都能听到流水的声音。

　　爱寂寞的他更懂爱。走过他生命的女人，有雕刻家，有画家，有音乐家，还有女工……其中，曾是尼采未婚妻的莎乐美，这个被誉为征服天才的女人，出身沙皇俄国贵族，有四国血统，美丽聪颖、叛逆独特，无疑是他成长的地母。1897年他们结识时，他还没有名气，他比她还小15岁。她对他讲："你是我生活中第一个真正的男人。"1926年他死后，她出版了《莱纳·马利亚·里尔克》。同样，他生命中最著名的情诗也都是为她所作。

　　还有，他和写《日瓦戈医生》的帕斯捷尔纳克，还有那个一生睡在诗歌摇篮的茨维塔耶娃，他们仨，一直在寂寞中相互爱着，爱着彼此的寂寞，自怜，自傲，也自豪，那是一种不可思议的欢愉。爱，引领他们的精神趋向无限，也让他成了永不寂寞的寂寞者。

寂寞并非无缘无故的抒情，寂寞都有落脚处。他对人生各种痛苦是真挚探索了的，"如果你的亲近都疏离了，那么你的旷远已经在星空下扩展"，他直接从心里流出来的诗，像先知预言，比哲学深刻。所以，读他的《梦幻》，读他的《杜伊诺哀歌》，读他那些著名的14行诗，在穿越的隧道寂寞旅行吧。他的静若处子，是他对生存竞争的冷漠，所以在这样的利时代，不要因为他而太神往或太沮丧，不要因为他而太热烈或太绝望，只需爱你的寂寞，自然就有滋养哺育，那是智者的思想和情感。

30.易卜生：伟大的问号

19世纪七八十年代"现代戏剧之父"易卜生相继完成了他最重要的4部社会问题剧：《社会支柱》《玩偶之家》《群鬼》和《人民公敌》，对法律、道德、宗教都表示怀疑和批判，在他眼里，社会的环境和氛围，就像《群鬼》的阿尔文夫人说的，使人"害怕光明"。

传统的戏剧，轻内容重形式，结构精巧剧情却无非都是些乔装与误会、谋杀和决斗，高潮处问题也总会水落石出。而易卜生的戏剧，将舞台无休无止的问题讨论作为情节发展的重要部分之外，尾声依然问题不断。《人民公敌》中斯多克芒医生问："难道我就心甘情愿地让舆论、让这些多数派和这些牛鬼蛇神把我打败吗？"《玩偶之家》中娜拉也问："我一定要弄清楚谁是正确的，是社会还是我？"观众不知道失去工作之后的斯多克芒医生此后怎么办，也不知道娜拉出走之后的归宿……易卜生因此被称为"伟大的问号"。

他从浪漫主义走来，到自然主义，到用象征表达不满的现实主义，"生活就是同心灵中的各种妖魔鬼怪争战，写作就是对自我进行审判"，易卜生让上流社会感到气愤。但，乔伊斯却曾经为了易卜生的原汁原味而学挪威语，鲁迅也以"瑰才卓识""愤世俗之昏迷，悲真理之匿耀"来表达对易卜生的推崇……

后来的《野鸭》，他开始从社会问题的批判转向个体的生命体验，他呈现的那种孤立无援的状态，让人黯然。他最后的一部戏剧《当我们死而复苏时》，人们发现自己其实从未真正生活过，所有的奋斗都归于冷酷和孤寂，人生仿佛总是终点又回到起点。回到易卜生早年离开挪威后各种情感堆积的一次总爆发写就的，近年还在中国的舞台上演的《培尔·金特》，面对落幕前那只被剥完了所有的皮却什么内核也没有的洋葱，人们只有怅惘。

因此，易卜生的墓碑也才无任何文字吧？据说上面仅刻一把锤子。一把锤子足以体现他的惊世骇俗和激进反叛，一把锤子敲下去，是一个"伟大的问号"。

31.普希金：人的对象往往是人

被高尔基誉为"一切开端的开端"的亚历山大·谢尔盖耶维奇·普希金，8岁就能用法语写诗，贵族出身的他，用民间的语言挑战古典主义和贵族传统文学，诗歌、小说、戏剧乃至童话，各个领域都成为典范。他是19世纪俄国文学浪漫主义的代表，也是现实主义的奠基人，是"俄国文学之父"，是"俄国诗歌的太阳"。

他有太阳的能量，因为他知道"人的对象往往是人"，他认为世界的设计创造应以人为中心，而不是金钱。"在这残酷的世纪，我歌颂过自由，并且还为那些塞滞的人们，祈求过怜悯和同情。"他写美丽少女的欢笑，写茅屋的穷苦农奴，写农妇的衣衫……他也写世界尽头的地平线，写雪地飞驰的雪橇，写埋在云雾中的高加索山脉，写茫茫草原上茨冈人的车队，写透过乡村湖畔的万道金辉……大时代中的人，海的咆哮，风的清冷，雷的激越，星的光芒，全都在他自然音韵一样的语言中，自如开阔。他的诗，跳动着的是俄罗斯生活的脉搏。

"假如生活将你欺骗，不必忧伤，不必悲愤"是他的精神气质，也是博大、坚强、苦难、忧郁、善良和神秘的俄罗斯之魂。

可是生活还是欺骗了他。1837年，鞭挞暴政让沙皇头痛的他，被阴谋挑拨，不满38岁就死于为爱上一个不该爱的人的决斗。而《叶甫盖尼·奥涅金》中，为爱决斗死去的人是连斯基，爱上不该爱的人是达吉亚娜。亦真亦幻的场景，宿命意味中，正好彰显了他的热情和纯真。

"用语言把人们的心灵燃亮"的普希金，让众多的俄罗斯音乐家获得激情和灵感。他们以他的《鲍里斯·戈都诺夫》《黑桃皇后》《鲁斯兰与柳德米拉》《茨冈》为脚本创作的歌剧和芭蕾舞曲，全都佩戴着璀璨的皇冠。以普希金命名的俄罗斯芭蕾舞团在国际舞坛享有盛誉，而眼下中芭的《奥涅金》也正进行版权终结前的巡演，世界人民一直都不吝用音乐般的回响来表达把人当对象的民族文化精英的拥戴与景仰。

32.托马斯·哈代：如何我不停止

20世纪《苔丝》风靡全球，"她的气息一出一入，她的血管每一张一弛，她的脉搏在她的耳鼓中每一跳一颤，都发出一种呼声，和天性联合，共同反对她那种过于顾虑的良心"，曾任牛津、剑桥教授，19~30世纪的托马斯·哈代，他笔下的苔丝也许实在太过传神，以至于电影明明是德国性格演员卡拉斯·金斯基的女儿娜塔莎·金斯基演的，长期以来，人们却总是张冠李戴被美丽误会为主演是网球王子阿加西的女朋友波姬·小丝。

苔丝的灵魂和道德，究竟是纯洁高尚还是伤风败俗，至今也还争议难休。她和埃里克，和安吉尔的关系，一波三折的激荡起伏。

喜欢《德伯家的苔丝》里英格兰最古老、最美丽的森林，喜欢"今晚多美，我愿这良辰美景永无尽头"的梦想，哈代的眼光，总是更倾情于自然和纯粹的诗意。可是《她对他说》，"岁月带走了人人揄扬的美，眼睛也失去了当年的光辉"，这个世界，"柔和的折磨，含苦味的甜美，令人舒服的痛苦，和沁人心脾的悲伤""太阳像眼帘上的一滴血，停留在山上"，这些还都是美好的，但本质"残酷就是贯穿在整个自然界和人类社会的法律，我们就是想逃也逃不开"。看看苔丝的结局，也落得个绞刑收场。

哈代的路也不太平坦。16岁出道做建筑终究彻底放弃，25岁写诗也没甚动静，最早写的《穷人与贵妇》未能发表，1871年出版了第一部长篇《计出无奈》才得以维持生计，1874年第四部小说《远离尘嚣》才获得一致的赞扬。

他在《无名的裘德》中讲："现实的问题，逼着裘德在近在眼前的需要下，把高尚的理想硬压下去。他得起来去找工作，去找用手做的工作。"

但他没有长一张厌倦尘世的脸，他特别有希冀，他借《卡斯特桥市长》讲，"虽然在这个世界上往事百般不如意，然而还应再来一次拼命的努力"，借《被迷惑的传教士》说，"玫瑰花开叶正香，我活着，做事忙；玫瑰花开叶还香，我死了，没白忙"。难怪他一生硕果累累，20部长篇，8集诗歌共918首，外加许多以"威塞克斯故事"为总名的中短篇，还有长篇史诗剧《列王》。"你已丢弃盖满尘垢的斗篷/驾起了奇妙的翅膀/飞往另外一个没有苦痛的地方"，这是他的诗，《如何我不停止》。

33.杜拉斯：谁知道我的真相

　　"谁知道我的真相？如果你知道，那就告诉我。"这话，要搁在诸如《我很重要》的毕淑敏身上，只有矫情，但玛格丽特·杜拉斯这样的气息却让人痴迷。

　　《情人》开篇是一句"我已经老了"，带出的却是湄公河畔十几岁法国少女与中国富家少爷涛热中激荡的情爱：有一天在印度支那的一艘渡轮上，在一辆黑色大轿车里……而现实中，老了的她，看着比任何女人都衰败，别人触目惊心，她却说："你考虑年龄，我从来不想它。年龄不重要。"所以她是那样写她的《情人》："那时你是年轻女人，与你那时的面貌相比，我更爱你现在备受摧残的面容。"甚至1996年她生命最后的年月，她讲"活着竟成了对死亡的钟情"的同时，还依然说着"让生者相互微笑，相互支持"。

　　她的字，一再地假设、猜测、推翻，平静的表象下，是抽离内心幽秘的犹豫。波谲云诡的暗涌，与惊涛骇浪的讲述一样果敢，不是谁都有勇气去讲述"无法讲述的东西"。

　　"一本打开的书也是漫漫长夜。我不知为什么刚才说的话会让我流出了眼泪。尽管绝望，还要写作。啊，不，是带着绝望心情写作。那是怎样的绝望啊，我说不出它的名字……"所以，让我们理解她为什么一边享受人们把名扬四海的《情人》当作她的个人身世来臆断，一边却又反复地强调那不是一部自传。

　　内心潜藏的欲念，被无所不在的绝望感紧紧包裹，谁的人生不是这样？《情人》难道不是风靡自恋的任何人的人生自传？所以，原本以奖掖无名青年作家为己任的龚古尔文学奖，竟然以当年"最富于想象力的文学作品"的名义颁给了年近古稀的杜拉斯。

杜拉斯，特别是老了的杜拉斯，也许不是一个有魅力的女人，但她蛊惑性的文字有魅力，她让烦躁和失语绚烂，让隐秘的鲜花盛开，让闷骚的幻想迭起。《抵挡太平洋的堤坝》《劳尔的劫持》《物质生活》《广岛之恋》《琴声如诉》……她说写作取走了她还留下的生命，剔除了她生命中的实质，她已不再知道她笔下的人生和她实际的人生究竟哪个是真实的。"当我越写，我就越不存在。我不能走出来，我迷失在文字里。"

所以，没必要知道她的真相。最负盛名的当代法语作家、作家中的国际明星、文学时尚……不知道哪个标签更贴近她的真相。关于她，也许只要相信她自己说的，"我是作家，其他的都尽可忘掉"。

34.海明威：太阳照常升起

　　他居然像他的祖父和父亲一样，选择了自杀。海明威自我了断的那一枪，让人们顿时觉得自己至关重要的东西没了，仿佛海明威把他们的生命也给毁了，世界都被打蒙了。这是一种相通，这样的相通不是刻意努力就能修炼得到，除非有神恩的导引，所以连肯尼迪都说："几乎没有哪个美国人比海明威对美国人民的感情和态度产生过更大的影响。"

　　他走，只是因为他闲不住，他不能再激发写作的热情，不写作毋宁死。巨人陨落，居然没有人说他是逃避的弱者，反而，都说他是美国的一代硬汉，一个坚韧而从不吝惜人生、不吝惜自己的人，是美国的精神丰碑。

　　其实不只是美国人，"胜利的失败者"和"失败的英雄"，让《老人与海》永恒，也让海明威成为世界人民的心灵伴侣。欲望和梦想诱惑下的爱和勇敢，永远伴随着放纵、冒险、孤独，而结局，都是灾难的死胡同。在这种不用规避的人生主题下，他和他的主人公，是生存道路上受伤人类的象征。人与自然的搏斗，惊心动魄的悲剧在于，每一点胜利都要付出惨重的代价，最后仍然只能是无可挽救的失败。但，"你尽可把他消灭掉，可就是打不败他"，某种意义上，人又都没有退路地必须是胜利者，艰苦卓绝中的抗争，不屈服于命运，始终捍卫着灵魂的尊严。

　　所以，尽管《永别了，武器》《赌徒、修女和无线电》《乞力马扎罗的雪》《清洁、明亮的地方》的主人公都患了失眠症，都害怕黑夜，但还是得坚信他那《流动的盛宴》写的，"什么都不简单。甚至贫穷、意外所得的钱财、月光、是与非以及月光下睡在你身边的人的呼吸，都不简单"。所以，即便他在墓碑上刻下"恕我不能站起来"，即便人类原来的理想、抱负、道德、情操都可能被战争被现实被自然摧毁，即便人生历险之途悲催弥漫陷阱密布，还是得记住他对生活的执着以及"重压下的优美风度"。

他那《太阳照常升起》，是个很给力的句式，是个很励志的题目。

35.托尔斯泰：为什么我活着

列夫·尼古拉耶维奇·托尔斯泰，世界公认的文学泰斗，罗曼·罗兰、茨威格都争着给他树碑立传，《战争与和平》《安娜·卡列尼娜》《复活》，随便哪一部，都是19世纪的文学巅峰……可是，他，和奥古斯丁，和卢梭一样，都留下关于生命的忏悔。他说他写作是为猎取名利，是出于虚荣、自私和骄傲。他被称为俄国最清醒的现实主义，他自己却说，"似乎我不知道我该怎样活着""为什么我活着"，一生纠结。

当贵族不是罪，他却为自己的身份和地位惶惑不安。因为怀疑生的目的和意义，他也像他笔下的人物一样多次想过自杀。他一生都不满自己，醉心于反省和自我分析。晚年时他竟然说他的《安娜·卡列尼娜》是不真诚的；他写逃避现实、追求与世隔绝小天地的《家庭幸福》，一出来就自我否定；他指斥包括《战争与和平》这样的巨著都是"老爷式的游戏"。

他爱体力劳动，爱耕地和做鞋，爱吃斋和吃素，爱英勇朴实的人民，他断言"人民之所以饥饿，是由于我们吃得太饱"，应该"从人民的脖子上爬下来"，他愿当"从事农业的一亿人民的辩护士"，他与没有学问而有信仰的人接近，"我爱上了这些人，我越深入思索我常听到和读到的像这样活着，也像这样死去的人的生活，我就越热爱他们，我自己也就生活得更愉快了"，所以他说，"科学的事业就是为人民服务"。

这就能理解他为什么不喜欢荷马和莎士比亚。

他喜欢的是理解生命荒诞和罪恶的叔本华。他爱《圣经》，爱所罗门，爱印度佛陀。他崇尚老子教导人们从肉体的生活转化为灵魂的生活，他不断实践孔子"仁者爱人"的人道主义。

所以，我们看到聂赫留朵夫公爵和妓女玛丝洛娃他们，在精神和道德上的复活；看到不能忍受虚伪和冷漠，勇敢追求幸福的安娜·卡列尼娜；看到致力于"不流血的革命"的列文……

尽管他的小说气象万千、波澜壮阔，如他那滔滔如白浪的大胡子，尽管茨威格说他的脸"植被多于空地"，但他真诚的内心、纯洁的感情，清澈见底。他的自知之明，他的人情味和同情心，他缜密的思想、清晰的目光、奔放的感情，他残忍冷峻的对自己灵魂的审视叩问和自我批判的激情……"撕下一切假面具"，用行动赎罪，这让他的生命元气充盈至今。

36.鲁迅：我一个也不饶恕

微言大义微时代，鲁迅的《一件小事》入选哈佛、耶鲁的中国微型小说文库，但鲁迅的杂文最被称道，就连被他骂为"丧家的资本家的乏走狗"的梁实秋，也撰文评价："鲁迅先生的杂感是写得极好，当代没有人能及得他，老练泼辣，在这一类型中当然是应推独步。"

他独步的是朗朗乾坤下爱憎分明的大实话，幽默，更犀利。"哀其不幸，怒其不争""说过的话不算数，是中国人的大毛病""墨写的谎说，决掩不住血写的事实""我之所谓生存，并不是苟活；所谓温饱，并不是奢侈；所谓发展，也不是放纵""救救孩子"……每一句，都是醍醐灌顶、振聋发聩的千古绝唱。

这样说话必须有第一个吃螃蟹的勇气。第一个吃螃蟹的传说是绍兴师爷，绍兴出师爷，更出鲁迅。绍兴还有勾践、王羲之、陆游、蔡元培、秋瑾……这座人文深厚的城市，人们第一个想到的，却大多是鲁迅，甚至是他笔下的孔乙己、阿Q、祥林嫂。

无论是"匕首、投枪"的政治需要和社会需要，无论是自立、自主、自强的人格呼唤，人们都会自然想到他的"横眉冷对"，用双螯八足的杂文来吃横行霸道的螃蟹，他不是武夫粗豪，不是野心文吏，他思考的是怎样才是最理想的人性、中国国民性中最缺乏的是什么、病根在哪儿，"寄意寒星荃不察，我以我血荐轩辕""无情未必真豪杰，怜子如何不丈夫"，他从未省略过"批判"的立场，更从未放下战斗的姿态。

10月19日是鲁迅在上海逝世75周年的日子，而今上海有"当代鲁迅"韩寒。鲁迅生卒都在天秤月，天秤月也是江南大闸蟹汹涌的季节，相生相克，难怪星座专家讲吃大闸蟹可以让天秤座改运。当"每天一只蟹，社会好和谐"的说法在网络流行，呼唤批判精神的人们，越发感念叶圣陶讲的，"与其说鲁迅先生的精神不死，不如说鲁迅先生的精神正在发芽滋长，播散到大众的心里"。

再多的字也写不完鲁迅，但字再少，甚至不必说，人们也知道他。"先生常充左翼先锋，呐喊欲驱长夜黑"，从被旗帜，到被质疑，到一再被拥戴，他是经得起考验的"民族魂"。"不在沉默中爆发，就在沉默中灭亡"的杂感之外，《呐喊》和《彷徨》两本小说集13个篇目，他也触及24个人的狂与死，他的头发像刷子一样直竖，他深刻的胡子像隶书的"一"字，"一"什么呢？"我一个也不饶恕。"

37.兰波：我愿成为任何人

　　微博上阿尔蒂尔·兰波一句"我们在燃烧的忍耐中武装，随着拂晓进入光辉的城镇"的诗被疯狂转发和热烈评论，19世纪的法国诗人，后世的名声历久弥新，人们就是觉得他牛。确实，他不只是早期象征主义的代表、超现实主义的鼻祖，他还是人类史上第一个朋克诗人，是垮掉派先驱。20世纪后，"兰波族"甚至成为专有名词，不让"哈姆雷特族"和"浮士德族"专美。

　　莱昂纳多在电影《全蚀狂爱》中饰演兰波，简直就是一朵罂粟花。他俩既纯真又偏执，既疯狂又颓废，既虔诚又亵渎，既自虐又反叛，既优雅又粗俗的相互缠绕，化学反应的结果，就是毁灭性的美。奔放妖冶诱惑无限却毒汁四射，兰波混乱而神秘的情感，让世上青春的灵魂为之沸腾。

　　老才子魏尔伦也爱他的灵魂，但他抛妻弃子和兰波私奔，不惜代价争分夺秒爱的，更是他的身体。魏尔伦坚持身体有保质期，灵魂无穷尽。果然，兰波只活了37岁，灵魂不但不灭还越来越鲜艳。

　　相比魏尔伦的瞻前顾后以及背着现实、道德和责任的谨慎和沉重，兰波横冲直撞，自由无畏，他那"我愿成为任何人"的宣言比什么都牛。也许他就是缪斯亲自捏成的，16岁不到就写出了《奥菲莉亚》，19岁写《地狱一季》，短短5年他就完成了作为一个伟大诗人所必需的传世之作。诗中，他化身为"任何人"，自问自答的自由通灵，自我意识完全释放，他分明不属于任何阵营、任何派系。他从小就有一种天才的自觉，他愿意成为任何人，他就能够成为任何人。他参加巴黎公社运动，他参加"醉哥儿们诗会"，他给马戏团当翻译，当小工头，甚至为不法商人护送枪支、象牙，和出没非洲丛林的强盗周旋……"他要成为一切人中伟大的病人，伟大的罪人，伟大的被诅咒的人——同时却也是最精深的博学之士"，他讲，"我是被天上的彩虹罚下地狱，幸福曾是我的灾难，我的忏悔和我的蛆虫：我的生命如此辽阔，不会仅仅献身于力与美"。所以，"我找到了。永恒，太阳与海洋——交相辉映"。

38.高尔基：乌云遮不住太阳

同样被认为是不该被诺贝尔遗忘的文学大师，马克西姆·高尔基比列夫·托尔斯泰小了整整60岁，托尔斯泰对俄国地主资产阶级社会的批判最全面、最深刻、最有力，高尔基则是列宁口中苏联"无产阶级艺术最伟大的代表者"；托尔斯泰因为生为贵族而不安而不断深入底层找生命元气，高尔基则与生俱来饱尝人间苦难并从中得到永不枯竭的创作源泉；托尔斯泰的童年满溢芬芳，高尔基遭受的，却是离奇的难以形容的痛苦。"高尔基"的俄语意思是"痛苦"，"马克西姆"意思是"最大的"，"最大的痛苦"成为他一生的笔名。

从《童年》到《在人间》到《我的大学》，主人公阿廖沙便是这种最大痛苦的化身，各种欺凌侮辱和愚弄，惨不忍睹。

高尔基有他的美学原则，不回避痛苦和丑陋，更能唤醒人们。他坚信人类社会可以有真善美的自我调节。他说："在童年，我把自己想象成一个蜂窝，一些普通、平凡的人们像蜜蜂一样，把自己的知识和关于生活的想法的蜜送到那里，每个人尽自己的力量慷慨大方地充实着我的心灵，这种蜜往往是肮脏而苦涩的，但这一切知识仍然是蜜。"

所以，再苦大仇深也压不垮他，一切障碍与不幸，都被他踩到脚下。20世纪初，他更积极投身于无产阶级革命斗争，并以最迅速、最直接的戏剧形式反映当时的社会矛盾。《小市民》《底层》《避暑客》《太阳的孩子们》《野蛮人》，活现挣扎在死亡线上的贫苦生活以及知识分子和资产阶级市侩精神的空虚。《母亲》和《仇敌》，更是他的新高峰。尼尔、巴威尔、尼罗芙娜等热爱自由、向往光明，渴望战斗的主人公形象，以及"书籍是人类进步的阶梯""最爱发牢骚的人就是没有能力反抗，不会或不愿工作的人""要是人没有了恐惧心就一切全完了！一切全毁了！一切全垮了！据说，世界就是靠人们的恐惧心来维持的啊！"……这些名言警句，都是全世界无产阶级的集体记忆。

他一生的创作热情和战斗精神，像烈马脱缰，像太阳喷薄。脍炙人口的"海燕"就是他吧，越黑暗越追寻光明，越受镇压越搏击，"让暴风雨来得更猛烈些吧"至今被人们呐喊，是的，"这个敏感的精灵，从雷声的震怒里早就听出困乏，它深信乌云遮不住太阳"。

39.菲茨杰拉德：夜色温柔

　　两次世界大战之间那20年，菲茨杰拉德生活的年代，是"浮躁的20年代""迷惘的一代""一切信念彻底动摇的时代"，因为他的小说集《爵士时代的故事》还被称作"爵士时代"。他自己说的，"这是一个奇迹的时代，一个艺术的时代，一个挥金如土的时代，也是一个充满嘲讽的时代"。

　　说到底，就是娱乐至上、享乐主义的时代。这样的时代，他身体力行，如鱼得水。灯红酒绿、浪漫奢华的背景前，是他活跃于上流社会潇洒优雅的身段和多情冲动的生活姿态。他把自己的人生、自己的情绪，变成一部部精巧曲折、细腻华丽、机敏诙谐的长篇，确立了自己的文坛地位，又变成流行杂志上的百多个短篇，名利双收。他才活了44年，却留下《最后一个大亨》《了不起的盖茨比》《天堂的这一边》等一个个脍炙人口的故事，一代文学天才，闪烁着灵感收藏着灵魂的字，愉悦了一代美国人。欲望的梦幻，理想的破灭，永远的矛盾和冲突，微妙的感情与纠葛……他真切清晰的叙述，把那样一个特殊的年代，化成生命的恒久写照。幻灭下的失意、惆怅、无常、空虚……他的笔力，穿透了任何一个时代无法逃遁的命运。而这，也正是村上春树最引为知音的吧。

　　从那个时代到眼下的年代，活像他写的《本杰明·巴顿奇特的一生》，颠来倒去都是纠结，生命在苍老和修复的过程，都需要慰藉，更需要智慧。"最高的智慧莫过于在自相矛盾的情况下仍能够发挥作用"，他说的这话，是永恒的启示。得到启示才能"拥有梦一样的天空、萤火虫的夜晚和喧闹的黑人街市的慵懒的乐园"，才看得见"令人昏昏欲睡的如画风景与树林、棚屋、泥泞的小河间，流动的是宜人的、不带任何敌意的热浪，像伟大温暖的乳房滋养着婴孩般的大地"……

　　难道，又一代正在笙歌的人群，在资产自私与腐化下，不也正对生命的沉沦满怀同情和顾影自怜？那么，最好的抚慰，也许还是菲茨杰拉德那样的《夜色温柔》。

40.马克·吐温：幽默和滑稽背后

马克·吐温4岁丧母，12岁丧父，生命中亲人一个个先他而去，他生于1835年，那年哈雷彗星划过，死于1910年，那年哈雷彗星同样划过，这真让人怀疑他就是那不吉祥的扫帚星，给身边的人带去灾难，更让自己陷入无限的愧疚和痛苦。他大半生都在做粗活，印刷所学徒、送报人、排字工、水手和舵手，出书赚了钱却又投资失败，家庭生活一直都一塌糊涂，非他本名的马克·吐温原本的意思是：刻度，水深12英尺，难道这个名字也是他水深火热生活的刻度？

但这个名字却成了世界近代幽默文学的泰斗，成了世界一流的作家。他的《百万英镑》《汤姆·索亚历险记》《竞选州长》，是全球的语文课，他美国味道十足的粗犷、开放，还有标签式的幽默、滑稽，是一代新文风。也许只读过小学的他在评论家眼里只属于不入流的庸俗趣味，也许他写书出书只是因为被"没有教养的"美国西部幽默家相中了他的赚钱才能，只是因为生存的鞭子被赶鸭子上架，但他雅俗共赏、亦庄亦谐的艺术含量无论如何都已盖棺定论。

然而去年，去世100年的他竟然还有新作问世。2010年11月，《马克·吐温自传》完整版在美国出版，出版界完全是依照他的意愿。自传显示，他人生的最后岁月享受着粉丝的膜拜但其实并不幸福。逝世那年，他竟然用6个月写作骂人，说的从未说过的刻薄话，整整400页。也许一个遭遇分裂的灵魂，为生活所迫的插科打诨、供人娱乐非他本意，甚至违背了他的本性，他必须开骂，必须释放。他不是没有忧虑和愤慨，金钱、地位、名誉，他从未抵达淡泊的境界，他只有忍辱负重地掩饰他的悲愤，任何闪失他都经受不起，所以他只好忍到生命的最后时刻，忍到身后的百年。

生的卑微让可怜的他必须拿赞美来维系生命，"只凭一句赞美的话我就可以充实地活上两个月"。为了生存的幽默和滑稽，让他看上去像个"心肠慈悲、头脑简单的嘲弄家"，但背后，"为什么地球还没有被那些嘲笑这个可怜世界、嘲笑无能的宇宙、嘲笑暴力和卑劣人类的书填满"，他真的有灼人的愤怒。

41.阿赫玛托娃：月亮的安魂曲

"是一种什么样的无形反照啊／弄得我们知道黎明时头脑发疯"，安娜·阿赫玛托娃的美丽高贵与纯净本真，甚至她悲苦的遭遇，一切都不属于人间，她是俄罗斯诗歌的月亮，这个说法很对味，1966年3月的那个清晨，她和月亮一起归隐了。但，21年后的1987年，她写于1935年至1941年期间的组诗《安魂曲》终于全部破茧出壳，而纪念她百岁诞辰的1989年更被联合国教科文组织定为"阿赫玛托娃年"，人们感激她"把人带进一个美好世界"，因此"黑夜变得比白昼明丽""你呼吸太阳，我呼吸月亮，但同样凭靠爱的力量"，《安魂曲》是月亮倾洒的经典，让人们的灵魂得以安宁。

也许历史总是很讽刺，也许是时代的错，也许也是地球犯晕，她身后迎来世界性声誉的时候，曾经将她列为"古老贵族文化世界的残渣之一""集淫荡与祷告于一身的荡妇兼修女"的特权大厦却成了废墟瓦砾。

总觉得所有的批判都源于嫉妒怨恨她的美与真。她有多美？"白银的月亮凝立如冰"， 她的凝重庄严无以复加，她肖似戴安娜，却不单只英格兰庄园式的高贵，俄罗斯的典雅和风韵、俄罗斯的精神血脉，都凝结在她身上。那年她14岁，17岁的古米廖夫疯狂求爱，求婚不成还多次自杀，还与人决斗，终于她抵挡不住他的折尊降格，20岁便和他结了婚……然而，十月革命胜利后古米廖夫被处决，后来儿子两次被捕，贫穷之苦、牢狱之灾、战争之痛，"足足十五个美妙的春天啊，不许我从大地上爬起"。

可是"黑暗是她脸上一寸一寸的皱纹，皱纹却像花朵""涅瓦河烟雾茫茫，太阳暗淡，但希望始终不渝，在远方高歌"，她用她的《安魂曲》守住俄罗斯的漫漫长夜，"在我人民蒙受不幸的地方／我与我的人民同在"，她讲述"一张张脸怎样凋谢"，她用声音抚慰尘世受难者，生命、历史、民族……她用她的担承和关怀让一切苦难诗化。她的诗联结了一个时代，诗歌不需要历史，诗歌却需要她这样的诗人。《安魂曲》为一个时代安魂，让心的感应遁入永恒。

42.叶渭渠：再造的雪国

"人物是一种透明的幻象，景物则是在夜霭中的朦胧暗流，两者消融在一起，描绘出一个超脱人世的象征的世界。特别是当山野里的灯火映照在姑娘的脸上时，那种无法形容的美，使岛村的心都几乎为之颤动……"汉字里川端康成的《雪国》，那种凉丝丝的冷静和凄美，完全契合了日本文学的物哀与幽玄，既含蓄、节制，又舒服、人味。

那时候国人谈日本文学只谈小林多喜二或者夏目漱石，川端康成是个禁区，但他说："既然有风险，我来译好了。"于是《伊豆的舞女》《名人舞姬》《独影自命》《千只鹤》《睡美人》《山音湖》《再婚的女人》《花未眠》《美的存在与发现》……川端冷艳不灭的美，全都闪烁在他的译文里，心有灵犀一点通。他撰写了《东方美的现代探索者川端康成评传》，那是中国第一部研究川端的专著，他被日本学者誉为"居于外国包括欧美在内的川端文学研究的第一位"，所以说他是"川端文学之父"，一点不为过。

还有同样是禁区的三岛由纪夫，还有大江健三郎……也因为他，都成了国人的知音。他的译作，不拘役于字眼的严抠，而在于情感的精准和细腻，还有意境的美幻。

他是叶渭渠，他还著有《日本文学思潮史》《日本文化史》……82年人生的最后一天他还在工作，他静静地来，静静地走了，却留下了煌煌200多卷他同夫人唐月梅并肩著、译、编的日本文学作品。他的一生，低调却勇于担当，勤勉、淡泊的品性更为人称道，学界评论称，

"叶渭渠是融化了《雪国》和日本文学的苦行人和寡欲者"。

　　"穿过县境上长长的隧道，便是雪国"，那是当年的再造。而今人生隧道那头，他在他自己的雪国重生。那里，也一定有个"寒士斋"，也一定有镶裱在镜框里的"寡欲勤奋"字幅，也一定有他坚守的凌寒傲霜的风骨，也一定有他喜欢的豁然开朗中的静谧。

43.赫尔曼·黑塞：一生都在路上

一战之前，赫尔曼·黑塞的生活是童话。出身于比画还美的德国南部，书香门第，家学渊源，他甚至都不需要怎么上学，就凭《彼得·卡门青》一举成名。结婚后，他读书，太太弹琴，漂亮的房子和花园……幸福得让他疑惑。他讨厌"愚蠢的享受狂"，于是他到印度去寻找药方，可是经历的只是苦痛和不安。

一战的爆发彻底把黑塞推向了荒凉。生活真正成了地狱。反对沙文主义，反战，他甚至被德国二十多家报刊围攻为"没有祖国的家伙"。他穷困潦倒，直至只剩下思想、精神和智慧。从幸福到不幸，他没有消沉，反而更加享受空气与阳光，享受宁静和孤寂。他开始用语言描绘画，用画描绘语言，于是有了诗画集《画家的诗》，于是他在《流浪》中，依然带着疑问和困惑、愿望和感受，继续上路。

就这样一生都在路上，在路上他不遗余力为个性的解放呐喊，他是灵魂与良心的律师。他说马克思想改变世界，他则想改变个人。黑暗的现实太多的碰壁和抗争，你要经历多少心灵磨难与精神炼狱才能找到你的家园，才能让内心与外界讲和。

于是世界从此有了《荒原狼》，但黑塞说："不论你是不是一只无家可归的荒原狼，不论你是不是经历了人类的苦难、罪孽、差错和热情，只要你在世界上存在，你就需要去正视并且超越复杂的人生。"

于是，心灵才又回归美丽的大自然，才看到"我微笑了，不只是用嘴。我用灵魂，用眼睛，用全身的皮肤微笑，我用不同于从前的感官，去迎那向山上送来芳香的田野，它们比从前更细腻、更沉静、更敏锐、更老练，也更含感激之情"。

　　他一路都是知音。不单是诺贝尔文学奖的推动，内心孤寂的人们，都能从他身上获得生命的领悟。是的，"庸人的道路很轻松，我们的道路很艰险——但我们愿意走"。走吧，一生《在路上》，一生风景。

44.狄更斯：远大前程

　　1812年，查尔斯·狄更斯的母亲在那把绿色天鹅绒躺椅上生下了他，1879年，他坐在那把躺椅上离开了人世。他的人生，终点与起点迭现，而他讲，"分离许许多多的结合，就构成了生活"。

　　14部长篇以及2000多个角色便是他67年生命抵达的生活：人世不外《双城记》与《匹克威克外传》，除却那些自作多情和附庸风雅以及纸上谈兵的，剩下的世界，就只有《艰难时世》和《荒凉山庄》。他说"对于世界而言，你是一个人；但是对于某个人，你是他的整个世界"，是的，他不过是世界的一个人，但对于《我们共同的朋友》——《尼古拉斯·尼克贝》和那些《雾都孤儿》来说，他是他们的整个世界。他们没有见过《老古玩店》，没有听过《圣诞颂歌》，没有看过《写给孩子看的英国历史》，他们只是流浪，他们等待《巴纳比·拉奇》和《马丁·翟述伟》的善良施舍，等待《董贝父子》的人性发现，他们期待有朝一日可以像《小杜丽》《大卫·科波菲尔》一样有《远大前程》。

　　他写英国由半封建社会向工业资本主义社会过渡时期劳资矛盾的《艰难时世》很著名，艰难时世这样的字眼，以及"那是最美好的时代，那是最糟糕的时代……我们拥有一切，我们一无所有"的诠释，从来都叫人耿耿于怀，但他讲，"人内心有根弦，但最好不要颤动"。

　　所以，《远大前程》，他能抵达，更多的他们，却只能期待。区别也许就在于，他知道"要有一颗永不变硬的心，一副永不厌倦的脾气，以及一种永不受损的风格"，他明白"不要着急，最好的总会在最不经意的时候出现"。

人们盛赞他现实主义的强大力量，盛赞他对英国社会底层小人物的苦难及其反抗给予的同情和支持，人们又否定他的软弱空想。但是不要忘记，他自身，虽然只上过几年学，虽然11岁就承担起繁重的劳动，但他的《远大前程》没有空想。他成为英国社会的画卷，他的作品至今依然盛行，并几乎都曾被拍成电影，如有版权税，他足以成为富豪。

人心有黑洞，前程难远大。诸如那种争夺马丁·翟述伟老人巨额遗产的贪婪、狡猾、自私，那种董贝曾经的违背天理人性的傲慢，那种狄安娜冷酷、凶狠、狭隘甚至嗜血成性的失控。只有大卫·科波菲尔那样的善良、诚挚、聪明、勤奋、勇敢、坚毅、积极，才配有事业成功、家庭幸福的远大前程。

45.卡尔维诺：遗忘深处

　　陈丹燕说靴子形状的意大利，有多少美妙的东西可以看，多少的米开朗琪罗，多少的奥古斯度……是的，亚平宁的风月，倾洒了太多迷人的经典。自称在周围气象平凡的小镇长大的伊塔洛·卡尔维诺，在中国，他就像LV，从几乎陌生到众生景仰。如果灵魂都有一个守候真实自己的约定，那么知道从卡尔维诺这里去寻找精神之旅，不管是否真懂得欣赏，还是附庸与炫耀，都没有错。他说每一个故事都是从遗忘深处脱颖而出的，那么读他，应该可以回到遗忘深处。

　　遗忘深处没有名字也没有地点。那是没有欲望也没有恐惧的《看不见的城市》，是《马可瓦多》那可以拥抱的最宽阔的地平线：大草原、嶙峋的高山、赤道丛林及满布鲜花的岛屿，是"可以辨认出一个方向，一条通向终端路径"的《寒冬夜行人》，是"想要清楚看见地上的人，就应该和地面保持必要距离"，可以在树上生活一辈子的《树上的男爵》……

　　拉回到现实的《物质世界的海洋》，蜕化的人类社会，孤寂、惶恐、陌生和不安的精神危机，市侩庸俗的物质价值对自身价值的瓦解，光怪陆离却虚伪浮浅的商品化思想……"人可以进行书写，只不过灵魂可能早就已经落失"，我们都是《不存在的骑士》。所以，即便只是伪崇拜、伪迷恋，我们也要立场坚定地围观多么睿智、多么犀利、多么复杂、多么狡黠，又多么天真、多么精致的卡尔维诺，即便他本来是多么严肃多么权威。

如果有幸能做钢筋森林逃出来的一棵树，徜徉在奇异、魔幻、智力、思辨的卡尔维诺深信是真实的童话世界，那么穿越丛林我们就到达他说的神奇地带，在那里自立为王，在那里变成神仙。他的影子王国随意、破碎、偶然，却自有一种内在的逻辑。

遗忘深处，拒绝并逃离庸常，树一树精神的岭。对他的向往，无论羞怯或大胆，无论自觉或跟风，无论跳略或持久，都无可置喙。天秤座的他，文字是他的蔬菜，他对语言的咀嚼深厚却不沉重，犀利却不尖酸。冷眼之下，注视的是绵长的爱和温暖。

天又冷了，读卡尔维诺，正好。

右折　人文心

1.不存戒心的幸福

没看过原汁原味的原著孔智英，但是融入导演想法的宋海成，他对《我们的幸福时光》的表达，我不看作是纯粹的爱情。那不是时髦的姐弟恋，他杀害三个人之后被判死刑，她三次试图自杀，他们虽然相遇在死亡的十字路口，但他们原本来自截然不同的两个世界，只凭抱怨和憎恨世界而一致寻死的交点，爱情的土壤基本算是贫瘠。

然而，每个星期四的上午10点到11点却能成为他们的幸福时光。为什么？

他被苦难的辛酸推向绝望，死是最好的解脱，任何感化的形式，包括来普度送面包的修女，包括"原谅我们的敌人，不管他们对我们犯下多少罪过"的受害者家属，包括"鱼变成人是魔法，人变成另一个人才是奇迹"的神甫教诲，包括"直到东海水枯，白头山石烂"的国歌……统统都不起作用。宽恕不能宽恕的人不足以打动一心寻死的他，他不想见任何修女和牧师，他质问为什么告诉他向上帝祈祷并赎回他自己，他不但不需要，不稀罕，甚至无比抗拒。悲苦压抑至死的他，其实只需要一个能够倾诉的真心对象。

她则是难以启齿的秘密长期无法释放，她表面的富裕与优越让底层的他无法想象她也有苦难，青春期的强烈创伤让她感情自我封闭，内心伤痕累累，阴影下的痛楚无法排解。她说，生活中的一根刺，扎在自己身上，那就会有别人想象不到的痛。

就这样，对世界绝望和厌恶而想自我了断的他们，因为彼此撤除戒心，声息相通，你的风向我这边吹，我的水向你那边流，互相讲给对方从没跟任何人讲过的真实创痛，心贴着心，真情盛放，伤痕抚慰，最朴实的真心带给他们幸福时光。

于是他，"我认为死是理所当然的，因为活着就像是在地狱……我，现在却开始想活下去了"。而她，"昨天我睡得很香，很久没睡这么香了。谢谢你，能一直倾听我的故事"……

随想起曹禺在1988年病中写过的诗《如果》："如果大家都戴着盔甲说话，我怎能亮出我的心。如果我的心也戴着盔甲，火热的心怎敢与我接近？我愿死一万次，再不愿终身这样存有戒心。"存戒心的死和不存戒心的幸福啊，这么近，又那么远。

当然，2个多小时的"幸福时光"如果只是如此表述就变成概念与程式了。这时候韩国电影那种故事最后以主人公的死来渲染悲伤的撒手锏来了。

他刚有了生的愿望，刚为本能而生，可是他还是不得不立即面对极刑。死前，他哭，"我还想说今生从未说出口的话，我爱你"，她的脸映在玻璃镜子上面，她说，"我也爱你"——这个泪点是最震撼人的吧，韩国最擅长的苦情戏。于是我们才唏嘘不已，残忍啊，还不如就让他在最想死的时候死去。结尾处，狱警整理他的遗物，她送给他的那些照片特写，有大海，有黄昏的落日，直让人想起死去的"面对大海，春暖花开"的我们的海子。

镜头最后定格在那张蛋糕照上，蛋糕店的玻璃窗映着的，还是她的脸……细致入微的悲伤爱情是韩片的基调，韩国演员身上都有种奇妙的悲伤感，姜东元、李娜英的表演跟人物都分不清楚了，没有刻意做出的表情才是真心，这确实是中国的电影表演必须反省的。

2.马背上的天秤

　　黄啸不仅属马，本尊也是一匹马。她自己这么看，她茶马古道结伴同行的朋友们也这么看，这个已经鉴定完毕不必异议。和她认识十年，看着她不用扬鞭自奋蹄的姿态，给自己力量，给别人力量。别人是写累，她是不写累，她管写稿叫划拉，划拉的这本《就说三道四怎么了》其实是三本书的稿量中筛选出来，现在的她，平均每周四五篇的字见报，很轻松的话唠，字却越来越纯粹越本质。如果你的阅读信马由缰，如果你恰巧和她接受同样的宇宙信息，那么，读她这些噼里啪啦响的字，你得到的，只有愉悦与痛快。

　　所有时尚的、娱乐的、影像的、家常的、成长的……这个社会跳动着的林林总总的活色生香，所有时代赋予你该关注的、该八卦的，这匹马全可以反刍给你，吃的是草，挤的是奶还真没错。快餐年代，黄啸说"能读完的书，真是劫后余生，充满偶然抵达"，她的字，你偶然抵达要小心，那种瘾太容易叫人欲罢不能，正是"本质的文字没有疆界"。不过也好，在无暇读书又必须读书的大多数日子里，我自己的经验，最有效的就是读黄啸，她说，"我这些年在岁月里沉浮，别的智慧没有增长，但是懂得了一个道理，不要急于因为感情这种来无影去无踪的事情，轻易改变自己的生活节奏，很容易落花流水的。年华这个东西不可再生，你蹉跎它，它就以挫败感返还给你"。游刃有余、出神入化的境界里面，承载了我关心的一切，快意恩仇，简单直接。

　　黄啸说她自己的阅读经验非常散漫，"很多东西是缘分式的碰撞，没有任何规划和筹谋。"对应地，她的字也一样，与这本不同，她以前出的几本书就都没啥经纬脉络，像她写李静那样的，"贫嘴瓜啦舌的，相当直白，说起话来五官生动，挤鼻子弄眼儿的。不像那些木头美人，说话眉眼不敢活动，怕掉粉，或者怕生皱纹"。实际上，一方面皇城根儿的她特别大气，评论的字因了北京人特有的贫而有些尖锐，骨子里却是智慧承载着的从容与平和，"人到中间，沉默安详，不把自己的人生领悟和理念强加于人，是恒久平静的前提"。另一方面读训诂学出身的她特别真理在握，擅长说文解字，说理解惑，她甚至越来越像她欣赏的那种成为生活主人的男人，"散淡宽容，由己及人，懂得珍惜生活真谛，不为稻粱谋而失去雅致生活的节奏，有取舍的智慧，有稳定的姿态"。

这里的"说三道四"有点"弹指一挥，樯橹烟灭，淡定指挥，谈笑话事"，也有点"拆东墙补西墙，笑料百出，温情泄露"。读了，你也许也是"一半肺腑通了，一半肺腑堵了"，也许也是"行一次蜜运，遭遇一场巷战，挨了一拳，安了一慰"。这就是黄啸字的火候，知识财富和风格的萃取，令她"从百炼成钢到绕指柔情，都是最佳的了，不能再好了，再往前走就是下坡"，她的 "说三道四"真是"很对路子，包括生活方式，包括亦真亦假的理解"。

"欲望都市"里的女人、男人是永恒的话题，身为女人，黄啸说，"好东西不是追求来的，不是奋斗来的，不是忘我来的，它就在那里，就像冰心对铁凝说的话，你不要找，你要等。长久以来，男人强悍，就容得他冷酷，男人细致，就容得他狭隘，很宽泛很宽泛的路给走进我们生活的男人，其实这是我们女人的误区，是我们错了"。

"她时代"里则几乎都是娱乐圈的女人，黄啸基本不谈娱乐圈的男人，也许身处娱乐圈的男人声色犬马中都像她说的没长大的男人，"整个人给人感觉兵荒马乱的""陪他们玩非常亏……弄不好，你就成了他们的上马石"。

所以，她说的男人基本都圈定在"圈外圈"，当然了，能圈上的，全是文化圈的"熟"人，成熟的，她熟悉的，她可以相对理性评说的。她说"王朔的无情批判精神，其实就是针对自己，跟自己过不去""别人感受不重要，别人永远是别人，他们不知道你曾经经历过什么，自己知道，自己知道自己现在的冷漠和无法释怀，是因为什么样的因""他的声讨和愤怒是属于一代人的，彼此没有表达爱和善意的能力"。

"碎碎念"由人及己，开始自恋。"人和人之间的区别就是自恋的程度，包括掩饰的功夫。自恋是一种屏保，它保护我们日益仓皇的内心世界，不被一览无余地泄露出来。"

作为文化人，作编读当有关于"读书姿态"的交流。黄啸说难得耐心把一本书从头到尾读完了，"感受也是块状的，东一块，西一块。人这一辈子，说是一切如过眼烟云，但是总有条贯穿一生的线索，决定着每个人命运的悲喜，这条线索会把所有的东西都穿起来，使其他的人、其他的事，成为这条线索的附属品、牺牲品、衍生品、受益品"。

黄啸这匹马，马背上就这么负重若轻地驮着形形色色各种"品"：人品和物品，品性与品味……有"品"的她才足够智慧和勇气"说三道四"。

黄啸很多时候叫"橙子"，因为她是典型的一枚天秤，"秤子"的谐音嫁接，语义通假。她不停地奔跑，却从没马失前蹄，靠的就是马背上那枚精确可以辨析、摇摆却能平衡的秤子吧。"影视这个东西，常年浸淫其中，像生活一样，看似信马由缰，迎头乱撞，其实充满道是无情却有情的补偿。""结论是，俗气永远比浪漫方便。""明星按说是众生中最伶俐的一群，仿佛玩着闹着就有了名利和地位。但是他们得到了同样多的人生关卡，或者更多。""陷在一个死结里，以为松绑了，其实拐着弯缠了个新扣。""一生都爱，很难找到例子，倒是一生不爱，那些让人齿寒的故事，让人记得住。""生命怪圈中，没人可以心安理得。"她字里行间这种平衡的味道真是多了去了，这个社会，学会平衡不仅仅是天秤之己任吧，易中天说话，人是给逼出来的。不给逼着发疯，就给逼着平衡吧。平衡着种切，不然会发疯。人人都会平衡和释放，社会就和谐了。所以我才从《马背上的法庭》那部电影想到《马背上的天秤》这么个题目，黄啸的字之所以能给人力量，不是因为她温暖敦厚，相反，她的人和字都是凉薄一类，天秤效应才是重要原因，很多时候，你看她像个心理分析师，像个不偏不倚的法官。她不喜欢跟不明白的、拎不清的人打交道。她说："老是陷在那种拧巴、紧绷，崩溃在即的戏里的人，生活会受到诅咒的。"

这么多年成天趴在黄啸的字上，她和徐静蕾一样，"用她的博客，梳理出一个理性、达观、自我和大众兼顾相当得体的熟女形象，文字有润物细无声的力量，那种塑造很良性很良性"。我想说的是，黄啸的"才华和松弛太有杀伤力了"，我想说的还有她其实也是很个性的"小众大片的范"。和她从编作关系到朋友关系，彼此间没有法大庄严，也不是嬉皮笑脸，偶尔也掐个貌似披靡的架，但认识她、认识她的字很幸运，马背上的天秤装着的那些个理，貌似轻悄其实端庄，青衣的脑子，花旦的字。

作为一个爱喝茶的潮州人，用她沏的"前味叫无行加无赖，中味叫无惧加无忧，后味叫无畏加无所谓"这道工夫茶来结语吧，也许你也是品好这道茶的最佳人选。

3.把情感叫作人心

　　《梅兰芳》擒熊在望那阵，又看了一遍。上一回一眼没眨在电影院看的，这一次在家里看碟，选择感兴趣和存疑问的重点片段仔细看，还是觉得好看，但也还是觉得有些隔。原本因了对陈凯歌的尊崇，一些想说又不愿意说的意见一直都克制着，颇有些纠结与难受。

　　片里我只喜欢两个人，一个是陈红饰的福芝芳，一个是安藤政信的中田，但中田那句中国人"把情感叫作人心"的话却让我摸不着北。是说中国人没有细腻复杂的情感只有爱憎分明的人心吗？撇开此话的时代背景、政治成分与日本鬼子的自以为是，以话论话，我情愿是这样，比起人心之向背，情感更微妙。我知道我心里是向着陈凯歌、向着梅兰芳的，可是电影分明困扰了我的情感。

　　电影本身行水流云、桂华流瓦很大气很境界，但我更欣赏《霸王别姬》的纵情恣肆，也情愿品味《无极》的写意浪漫。写实而拔高的《梅兰芳》或许戴着传记与颂扬的"纸枷锁"，掣肘了陈凯歌的情感挥洒，只剩下苍白的干净和文过饰非的高大全，也就是说，陈凯歌的梅兰芳成神了。曾经从钱锺书那读过柯尔律治的话，"神和人的融合，须要这样才成——这迷雾，障隔着人和神，消熔为一片纯洁的空明"，电影本身是明净利落的，但却和观众之间没有这片"纯洁的空明"，反而落得欲盖弥彰的不爽。而且我也窥探不到梅兰芳的孤单，他多滋润啊，人世间所有的情他占全了，即便是和他打擂台的十三燕，骨子里对他也是真深的生命成全。一梅独放、一枝独秀，万千宠爱集其一身，什么"谁毁了

170

他的孤单谁就毁了梅兰芳"？电影里的梅兰芳根本就没有孤单的心灵土壤。孤单的大师大体都是寂寞一生，身后才弥发经典。我理解的梅兰芳之所以成为中国第一国际明星，章子怡跟他走的是同一路线，当然有不随波逐流的灵魂和独树一帜的表演艺术为依托，但更重要的是策略、渠道与机遇。这是梅兰芳与潘粤明演的表哥朱慧芳从"兰慧齐芳"到命成天壤的根本差别。

至于角色，我没觉得余少群就有多好、黎明就多不好，这方面导演的选角和处理是对的。很多人为余少群拍烂手掌只不过是诸如梅兰芳让美国人疯狂那样的猎奇或叫少见多怪而已。两个梅兰芳前后也没脱节，各自完成自己分内的事，梅兰芳虽然风华绝代但也不是天人，不是让人惊艳的"不疯魔不成活"的程蝶衣，黎明的外貌与神韵都足够胜任。当然了，如果后半段黎明能有点舞台上的惊艳让人开开荤就更好了。当然了，如果片商没有那么多的利益关联，我觉得黄磊来演更能出彩。

至于孙红雷，不是他演过了就是对他的赞誉过了，为什么没人提到英达呢？同是经纪，虽然角色分量有轻重，但英达把握得更恰如其分些。戏里十三燕有句话叫"谁挡谁闪光"，都说孙红雷挡了黎明，物极必反也不见得吧。

实在是喜欢安藤政信的神经质，从《46亿年之恋》就很喜欢他了。笃定而迷离，把一个梅兰芳的日本高级粉丝演得那样欲罢不能，我仿佛看到一个台下的程蝶衣与台上的梅兰芳在互相感召与呼唤，电影因了他而更有张力。

陈红饰的福芝芳让我击掌、让我感喟。黎明和章子怡那个惺惺相惜算什么，陈红端出来的不仅仅是反复出现的那碗汤里的那种相濡以沫，那碗汤里有关怀有爱，更有心灵的融会精神的共鸣，原本福芝芳就是好戏之人，他们注定可以琴瑟和鸣。生活上、事业上她都为梅兰芳打点得周到妥帖，感情上更是识大体、懂应对的明白人，所以她注定稳操胜券。"不就是一个孟小冬吗？如果梅兰芳没有一个半个红颜知己，我头一个为他屈得慌。""梅兰芳不是你的，不是我的，他是座儿的。"那种醋意、那种由衷、那种委屈、那种淡定、那种自信，陈红确实有着其他女演员不可比拟的生活内涵和理解，她的演绎足够立体与深厚，难得见到如此富情感与智慧的女人形象。人戏合一，所以相信陈凯歌的心会一直向着陈红向下去，所以他直接把情感叫作人心。

4.都是店小二的错

　　娱乐千道槛，明星万重门。每天铺天盖地都是娱乐明星翻来覆去的鸡毛蒜皮。娱乐至死，泛滥成灾；明星遍地，低俗无聊。回想曾经的年代，无关绯闻、无关炒作，偶像都是清茶淡饭，那些清新自然、平淡热烈的气质、品位、水准、范儿，想来全让《岁月神偷》偷走了。罗启锐一声"岁月是个神偷，不知不觉中偷走我们曾经的美好"，人皆唏嘘。真心怀念20世纪80年代，山口百惠、龚雪、李秀明、潘虹……一见倾心，只为纯粹。

　　那年月的手抄本里还有潘虹的情书："……靠近，相互致意。片刻的停顿、休憩后，我们又只好擦肩而过，你有你的方向，我有我的航程。"那时的潘虹，是怎样的美丽和知性，看看眼下杂七杂八的分分合合，只剩下娱乐，只透着庸俗，娱乐圈金风玉露，万水千山总是情人。

　　都说明星是大众情人，高不可攀。其实着急的更该是明星自己，你不把大众当情人，不给大众消费，不给大众娱乐，你还能是明星？王尔德说，"世上只有一件事比被人议论更糟糕，那就是没有人议论你"，郑渊洁的《皮皮鲁总动员》讲，"这是一个禁忌相继崩溃的时代，没人拦着你"，这些话中的窍门明星最明白，所以头破血流也要挤娱乐头条，管它什么价值、什么文化、什么规制、什么誓言。

　　《风语》开机的时候，麦家希望不是像《风声》那样用"身体的紧张"来吸引观众，而要用"智力的紧张"。不知道这话对明星上位有没有启示，但只要不是麦家批评《风声》那样的"关键环节设定不合理"，能上当毫不犹豫地上，不能上也得头破血流地上，上了再作被暗算状，再抱怨像斗蛐蛐一样被斗来斗去不迟。要知道斯皮尔伯格说了，"世界上总共只有七个真正的电影明星"，冲上头条与大众谈情说爱，名利才能双收。大红大紫、家喻户晓说难也不难，就是万万不能辜负这娱乐时代的美意。

《霜花店》里有句台词很好玩："为买霜花糕，走进霜花店，回鹘老爹抓住我的手。这个消息如果传出了店外，我定会说这是店小二的错。"店小二是谁？风生水起的狗仔队、泄密的内奸、蓄意而为的幕后团队、死磕到底的网民，还是不明真相的群众？都说无风不起浪，都知道苍蝇不叮无缝的蛋，但是明星都表现得很委屈，难道，真的是店小二的错？

5.就怕"大家都不是饼"

"桃花源"那个一开始就叫嚷"这叫什么家""这叫什么刀""这叫什么饼"的老陶,再来深圳的时候,肯定还是倒霉汉,肯定还是粗鲁人,肯定还是焦虑抓狂,但他已经不是《武林外传》的吕秀才,他变成当今首屈一指的越剧王子赵志刚,越剧的女儿国里唯一抢眼走红的男角,越剧武当尹派四大弟子之一,温文醇厚,刚柔并济,流畅隽永。想象着他脱下多情公子的锦绣华服,竹笠渔衫,清俊的尹派唱腔之外,还哼古老的草根调……然后,在谢群英和徐铭两个越剧女英扮演的偷情男女那咿咿呀呀的吴侬软语的胁迫下,假装"放轻松""放轻松""放轻松"……想想就出彩,想想就销魂。偷情男女当然还是泼辣"春花"和风骚"袁老板",曾经让人笑爆棚的谢娜和何炅回他们的快乐大本营了,取而代之的是越剧名旦谢群英和火速蹿红的女小生徐铭……关于新《暗恋·桃花源》的光影、舞台、戏妆、音乐、唱词……形容词都是那个字:美。

几乎一边倒的赞不绝口,让百年越剧的魔力再度显灵,不妨听听这些如潮的好评:"越剧之精彩抢了话剧的风头,没想到越剧还能这么演。""没想到话剧和越剧居然真的能够气场统一地放在一起,还那么有趣。""我不得不感慨,新《暗恋·桃花源》的原剧本太好了。我相信无论放进什么元素,都能融合进去。当然越剧是一种有气场的大剧种。""如果让我专门去看一场越剧,我应该没法接受。但把越剧跟话剧结合在一起,一小段一小段,发现太有趣了,这更贴近现代人的欣赏口味。"

越剧与话剧，能如此水乳交融于一体，可能也只有立足《暗恋·桃花源》这样的舞台和依仗赖声川这样的编导了，换个土壤或来个山寨，随时保证四不像。

闪回老陶那"康里康朗康里康朗"砍不动的刀，那像橡皮一样吃不动的饼……话剧甚至整个演出市场的生态，难道不是老陶口里这样的桃花源生态？很多时候，台上台下，彼此变味，互相眼里，"大家都不是饼"。赖声川是品质保证，是品牌旗帜，有他在，舞台与观众才互为美味的饼。

20多年来，《暗恋·桃花源》一次次的华丽转身，它融合过歌仔戏，成为"明华园版"，它加过粤语，它每做出一点变化，都刮一阵旋风。而这次的流变，据说不只是简单地将越剧元素添加到话剧中去，而是从结构到细节的破釜沉舟。《暗恋》和《桃花源》，原本就乱七八糟的无序状态下，这次该是什么样的天翻地覆。那样的碰撞，那样的摩擦，从形式到内容，从外表到灵肉，期望中那种强烈的戏剧冲突，光是纯粹看热闹的心态，可能已经值回票价。

出版过《赖声川的创意学》的赖声川，市场嗅觉是真的狠，当然艺术品位也是真的刁。这么个50后老头，他新浪总计5页的博文也就只有区区7万出头的访问量，当中还包括了林青霞《宝岛一村》剧评一文单独贡献的3000多点击。他的话剧权数为什么如此之高？他的《暗恋·桃花源》为什么如此经久不衰常演常新？

《暗恋》的青年男女"江滨柳"和"云之凡"在上海因为战乱相遇相恋，又因为战乱分开离散，两人在互不知情的情况下逃到台湾，各自男婚女嫁……无奈江滨柳一直痴心苦恋，四十年后再逢故人但已风烛残年濒临病终。《桃花源》的武陵人"老陶"生育无望，老婆"春花"又搭上"袁老板"，无奈伤心出走，溯河而上，意外进入桃花源，度过了一段纯真烂漫到近乎梦幻的时光，然后回到武陵，却发现原本男欢女爱的"春花"与"袁老板"已成冤家已形同陌路，他们曾经想象中的幸福快乐竟无踪影……

犹如人生之随处套中套戏中戏，舞台上"暗恋"和"桃花源"只是两个各自正在赶工的剧组，他们阴差阳错被安排在同一个舞台排练……貌似荒诞滑稽，其实无处不在的生活玩笑，人人心知肚明，任何负面伤痛都是人生之必修。只是这不可怕，人生永远都有自我修复的能力，所以那些脸红耳赤的纠纷争执，那些不同角度、不同立场的相互干扰，终究也都无意巧妙地完美交错，相互成全。说穿了，所谓的人生况味就是这样的吧，无解的时候自然不必有解，自解的时候也不必过分讶异。

就两个简单故事，时而分开时而交会，便道尽人世间的一切悲欢离合。能抓住内心的戏，高手出招无须复杂；企图讲很多很多大道理的戏，一心想着抓人却很少能抓到。这么一想，当年犀利哥初现网络时那口梦幻的烟雾、那眼喷射的眼神、那身绝配的穿着，与赖声川还真有得类比，都是成功的混搭、混搭的成功。当然，赖声川是对乱象生态有意识的提炼，是对美学的朴实本真的追求和对艺术的完美主义的表达。

至于在混乱与干扰中钻出一个秩序来，谁不指望？相比我们许多的话剧越来越娱乐，赖声川一针见血："艺术变得娱乐是很危险的一件事情。目前内地很多戏包袱太多，应该看看怎么减掉一些。"不是吗？一加一累积的物理作用犀利，一除一消减的化学反应更犀利。实际上，"暗恋"和"桃花源"这两个词汇，本身就是有趣人生必须傍身的文化符号和精神支柱，它们组合在一起，功效无边。

也许就因为这样，《暗恋·桃花源》1986年在台湾首次公演就全岛轰动，1991年在美国、中国香港巡回演出，2006年，大陆版开始风靡全国，"人们像看大片一般涌向许久不去的剧院，《暗恋·桃花源》几乎成为大陆舞台剧的文艺复兴之作"——这样的报道并没失真。

其实再追溯，记不清是80年代末还是90年代初，我还看过深大版的，也许是演员的功力问题，演不出味道，不知所云。又或许当年青涩，人生都未展开，哪里去咀嚼什么人生况味。

而作为主演，从2006年至今，黄磊已经在大陆纪念版《暗恋·桃花

177

源》中出演过近200场的"江滨柳","江滨柳"和"徐志摩"成为他的两个标志。

至于1992年林青霞版的电影，有点远。"云之凡"不是牡丹，作为芸芸众生的提炼，她不必太美，过度的姿色，每添一分，戏的说服力反倒扣一分。恬淡美丽的孙莉"穿上白色旗袍往台上一站，就是一朵白色的山茶花"，那已足够。

看了很多很多的赖声川，每次看每次心头一热就想写下点什么，日子本身如同戏剧纠结，一天拖过一天，想写的字累积如山，到了真下笔的时候，千言万语又如交通瓶颈，说不通也道不明。只有一点，就是演了一版又一版，人气一浪高过一浪，他凭借的是什么？

特技、情节、情绪、台词语言、娱乐性……都是，又都不是。也许最主要的是赖声川本人最精研的创意吧。但是我不相信他讲的，只要诚实和认真积累也可以成为一个充满创意的人。他一次次的盆满钵满，叫好叫座的本质，是他的不断流变。对市场口味的把握，不是光有文化有品位就说了算，没文化的只要有老天赐饭的悟性，照样灵感爆棚。不得不承认，赖声川和冯小刚，各自成为话剧和电影领域的领饭人，这个别人只有羡慕的份了，一味学是学不到的。同样材质的食品，不同悟性的人可以调制出不同的口味。高级的试味师，口感是他自己的，也是普罗大众的，口感是优雅的，也是流俗的。而曲高和寡，说到底，不过是装口味的"杯具"。

所以，赖声川很看得明白。他讲："表演艺术不是生意，不是娱乐，是做给所有人看的文化。""如果是一个很功利的戏，那么观众会用很功利的眼光来看；反过来，如果是对某一领域的一种关怀，观众同样能感受到这种关怀。"他说他"从来没有想过去准确地抓住市场，去想市场只会给创意带来更多的缺陷"。也许就是这样吧，越想得到就越得不到。当然，能够放下的人简单，但是简单是要有底蕴，底蕴除了天分，还是不能扼杀历练和修持。

这个世界不缺元素，资源丰富任由取用。但是在"大家都不是饼"

178

的戏剧生态环境下，功利让人迷失方向。赖声川说一些年轻导演可能技术方面已经很好，但到底要对舞台说什么、要让观众看什么，他们没有过多过精的反思，所以弄出来的东西也许还算高级，却也一头雾水。而他就能适当调度，优化组合。所以别人可以学的是他充满哲理辩证的流变，他的流变是自己一次次不断的自我颠覆和创新，更是从别人的生意流变到自己的表演，从别人的娱乐流变到自己的文化。于是，他反能轻而易举地得到市场和品位。

《暗恋·桃花源》是颠覆成的经典，是纷乱后的秩序。世界就是这么反讽的奇妙。混乱与无序，反而引发赖声川的灵感，孕育出巧妙缜密的好戏。

也于是，他注定一直被模仿，但从没被超越。据说《金瓶外传》也是一部充满现代元素的古装讽刺喜剧，灵感就源于《暗恋·桃花源》。但是我还是期待，裙袂飘飘的越剧《桃花源》，是如何"康里康朗康里康朗"那砍不动的刀、那吃不动的饼……

6.端的是块好饼

那天夹在中秋、国庆前后两波假期之间，是个百分百的上班上学日。上午金牛打来电话说晚上请到假了，老师要家长确认一下，于是电话里喜出望外地跟老师千谢万谢。太想金牛也能美不胜收好好再看一次《暗恋·桃花源》了，上次看何炅、谢娜的，因为自身的原因，太急促与窘迫，没笑好，要补回来。充满了期待，还没下班呢，一想起晚上的好戏，就禁不住心头窃喜，《暗恋·桃花源》，这都成情结了。

早早接了人早早到场，足以表明我的期望值有多高。之前一个晚上，看《一个无政府主义者的意外死亡》，好看没得说，只是太凝重了，笑不出来，反倒更压抑了。这下好，赖声川还真让我在悲喜交错的纠结中直接笑出了眼泪。很舒服，很熨贴。想什么有什么，有什么吸收什么，满满当当的。

这一次，越剧的《桃花源》飘飘欲仙，迷离得让舞台更加无序，让话剧的《暗恋》更加呼吸困难，让我想起张国荣的一句歌词："比暗恋更黑暗。"世间的阴差阳错都是相生相克，既互相破坏又互相成全，也因之才有所谓的秩序。我们都有如此玄妙的体验，但是我们未必有赖声川穿针引线的灵思奇想。

它的好，是看似轻松胡闹的娱乐外衣下，其实是简单明白的人生主旨，不仅愉悦了视觉听觉，更直指人心。所有的故事、人物、布景、台词……包括那刻意的"留白"和故意"逃出来的桃花"，一切，都，轻而易举地，就抵达你的内心深处。

赖声川一直非常清楚要对舞台说什么、要让观众看什么，他的混搭并非廉价的娱乐，他知道"艺术变得娱乐是很危险的一件事情"，他的戏中戏也不是胡乱堆砌的包袱，他明白一加一累积的物理作用，更通晓一除一消减的化学反应。

中秋过后，家里剩下的月饼索然无味，微博上三联生活周刊晒了个老北京肉饼让我眼前一亮。据说该饼葱香、肉香、面香，面貌亲切，便于携带，二次加热容易，口味浓，热量足够，抗饿，吃了还抗冻……越剧男赵志刚台上对着那橡皮一样吃不动的饼咿咿呀呀抓狂，我在台下笑沸腾，联想到那个老北京肉饼，不由得由衷赞叹，端的是块好饼。赖声川就是品质保证，就是品牌旗帜，有他在，越剧与话剧，气场才如此和谐，舞台与观众，才互为美味的饼。我想金牛为了这块饼，逃掉夜修和内宿，值。

7.像看球那样读二毛

　　2006年的那个夏天，世界杯正热力四射，二毛"永远不跟青春说再见"的呐喊也喷薄而出。我吓了一跳，一天天看着球，一个个"像英雄那样离开"，我自己的青春也小鸟一样不回来，而二毛这厮，其实也而立之年了，竟还敢这样激情。那些天，黄健翔因为激动地喊了几声"伟大"和"万岁"，到处被口诛笔伐，人们集体叹息"奔四"的男人竟然还那么毛躁。那些声音让一直还很天真的我在开着冷气的房间瞥一眼球瞥一眼书的情形下，还惊冒一身冷汗。和黄健翔同龄的我，虽然骨子里也很想像他那样翱翔，但是理智告诉我应当像张斌那样稳重。到了青春尴尬的年月，任何激情只能被当作奇葩批判。所以，二毛如此"永远不跟青春说再见"的告白就颇让我迟疑，我迟迟不敢进入，我怕。我这样想，一旦进入重新诱发自己背负"廉颇老矣"的沉重事小，遭遇心境语境不同场的尴尬事也不大，一把年纪还老不正经偷窥人家的青春才是大件事。

　　但我与二毛脾性相似，喜恶雷同，许多个夜晚，我点开二毛博客的时候，我内心的感慨却已化成他博客里的文字，我想说的，都让这个自称沉溺游荡与癫狂的"小镇青年"抢先说了，只不过因为年龄的一点差距，难免在契合中有些错位，但他说得比我有理和有趣。我比他长几岁，生活背景和工作性质让我有时候不得不缩紧脑袋却连篇累牍甚至像涂脂抹粉那样写字，他可不是。他不装腔拿调，不冠冕堂皇，看他的字，如吃广东鱼生和日本料理，有一种原生态的生脆与鲜活，不隐晦，不走高，纯粹，过瘾。

所以，他的这本书还是得看，他在扉页跟我说"随便翻翻"，可是我翻了一下就决定，我愿意像热爱世界杯那样热爱它，愿意像看球那样读二毛。

我把二毛集中表达摇滚与影像情结的"浮光掠影"与"青春盛宴"这二辑当成了世界杯的小组赛。青春赴会，无所顾忌，只要有足够的阳光，有致命的火力，有杀人的浪漫。二毛关于这些青春情绪的告白理所当然像球场上那样的意气风发，那样的摩拳擦掌，那样的轻舞飞扬，那样的自由恣肆，那样的慷慨淋漓，那样的快意恩仇……他没有故作高雅和一本正经，他没有标榜志趣高尚与情操正点。我坚决同意余秋雨老师在"青歌赛"上关于好的文章不滥用成语的论断，但我这里却抢了一串成语来讲二毛，因为成语是我这一代集体的青春记忆，面对二毛年纪轻轻却睿智和充满机锋的语言，我只能"以盾盖矛"了。

我和他一样大的时候，我不懂得这样说话——关于理想，他只是说，"理想，像鸡毛一样飞"；关于生活，他"跟所有正常人一样，过完未完的日子"；关于感情，"这真让人郁闷"；关于爱情，"有什么办法，大家都不能轰轰烈烈，洗洗睡觉，明天呢，继续——马不停蹄，笑容满面"；关于人，"大家都想重新混过。混好之后才是有多少爱可以重来"；关于城市，"这个城市一切都好像在沉睡着。因为疲惫，所以沉睡。但疲惫之前，应该是曾经的疯狂，曾经的跃跃欲试，曾经的箭在弦上不得不发"；关于快乐，"感觉像自己躺在病床上使唤家人似的，慵懒、舒服，甚至有些上瘾"；关于孤独，"人在孤独的时候就会像小康那样，对生命中的一次偶遇产生无穷的想象，无聊透顶地一次一次地问：你那边几点"；关于青春，他其实是非常明白的，"我们以为我们能留住青春。屁"。

二毛的语言，如传球、如射门甚至如越位，全都刻意而无意。二毛并没有豪言壮语要做一个挖掘所谓生活真谛的青春勇士，而真谛却像进球那样，在不经意中，在闲庭信步中突然灵光闪现，一矢中的。看着看

183

着，类似的生活，曾经的记忆，很自然很随和地就回来了。我读这些的时候，一边与二毛较劲，一边与自己曾经的青春叫板，我获得了看球那样的快乐。经历过，挥霍过，球队离开了，豪情仍在，青春淌过了，气息尚存。

二毛的故乡情结集中记录在"故乡就是回不去的地方"这一辑。二毛说，"回家成了一种记忆，温暖在心的记忆""这种有终点的旅行使那么多的人熬夜站队买票也在所不惜。可以站着回家。可以从车窗钻进车厢。可以挤得连一点尊严都不顾。必须回家……我们中间需要那么一次休憩，那么一次整装待发的机会"。我读着，自然就想起世界杯淘汰赛回家的英雄。尝试过，奋斗过，拥抱过，回家不要紧，回家很重要，青春做伴好还乡。世界杯是生活，是戏剧，是人生，二毛的字也是，我获取了通感。只是，二毛说，"村庄已不是原来的村庄"，是的，时代在发展，年龄在更替，情绪在变化，总会有点感伤，有点悲凉。美丽的东西也就那么几年，不能永恒，这是别无选择的一种命运。二毛这一辑文字依然没有所谓离乡背井的假装痛苦或伪装兴奋，纯粹直指人心，一读，许许多多想忘记的东西又慢慢地回到了心里。这一辑，热烈执着的青春多了不安与紧张的颜色，对烦躁与寂寞也是直白的。人生况味自是这样，淘汰赛场上的英雄四年一次为我们演绎，看看鲁尼，看看劳尔，看看内德维德，所以我一直没把世界杯只当球看。二毛让人心动的还有他对寂寞与紧张的赏玩与提升，有心智的表达，有点庄周梦蝶的味道，所以我没把他的字只当字看，还当球看。

我写这个伪书评的时候世界杯决赛还没有到来，英雄在等待最后到达彼岸的搏杀，而二毛的殿堂是旅行。他有着强烈的火车站情结，我相信游荡与旅行是他最美妙的人生体验。他"晃晃荡荡"的第四辑文字足迹匪浅，书写的也许称不上什么生命的传奇，但却绝对是青春的神奇。他有唱游天下的梦想，"梦想"是一个有分量的语词，二毛很自虐，他热爱梦想的沉重，所以敢于戴着镣铐舞蹈。他依照自己的青春计划一步步推进，自主中散淡，随意中笃定。他在晃荡中彻底裸露自己的种种情

184

结，然后入髓入味地享受属于自己的宁静、悠闲、自由、浪漫以及充满创造性的美丽时光，以"蚊血"青年、码字工人、小资、BOBO、知识分子的名字。

前些年我玩"花样西厢"书酒吧的时候，二毛用晃荡的姿态写，"一个唯美的地方，不遥远，就在蛇口一个拐弯处。闹闹。玩玩。虚度并享受。以文学的名字"。那是一帮所谓"蚊血"青年的集体记忆，所以上面我像二毛那样造句。

凌晨了，西班牙和法国的球踢完了，翻开二毛的青春，一翻翻到了《北京那个叫雕刻时光的咖啡馆》，"浓香沁过皮骨直抵心脾"，二毛把自己喝成了一杯咖啡，此刻也芬芳着我。二毛说："写字是自己和自己说话，只有文字，才是唯一可靠的情人。"二毛显然又不甘寂寞，他呼唤，"跟我的文字癫狂吧"，我癫狂不起，人生注定是一个不断记忆又不断遗忘的过程，我的青春已经覆水难收，但我随便翻翻基本没有什么损失，最低收获是看见自己青春的一个背影，并尽可能拖延被青春挤出局的时间。"夜色正浓。鸟语花香。"二毛书里说的。深夜呢？凌晨呢？痞笑痞笑，洗洗睡了，我。

8.战争的味道

　　奥斯卡的最大赢家《拆弹部队》，感觉就是一部现实哲学，那种所谓不知道你的敌人是谁，没有过分血腥的平静中却时刻弥漫着紧张的味道，与我们庸常的生活何其相似，冗长、沉闷、抓狂。像我这种嗜空气如嗜血的天秤男，春困时节本来就高度缺氧，此等没有剥离的枯燥电影，看着看着就睡了过去，真没啥共鸣。日子就是那个所谓的战场，我们都是生活的拆弹兵，好不容易追求一下电影艺术，竟然还要在电影中继续温习生活的乏味，还真没必要。

　　同样是战争题材，相比更喜欢年前年后看的《麦田》《我的唐朝兄弟》和《大兵小将》，三部异曲同工的反战片，一样的苍生为念，一样的说不出来也进不了历史的心声，深刻中有那么一点谐趣，那么一点拽与痞，有些唯美，有些反讽的浪漫主义味道更有看头。像《麦田》，虽然也被诟病为闷片，虽然何平在没有强大故事情节的叙事中渲染的那种大情绪也如同我们惯性的无休止的煎熬和等待，也是人类共同命运的写照，但那滔滔麦浪下跳动的滚烫欲望，那麦田上空仿如我们生活中不明真相的千疮百孔的气象万千，真的让我觉得"挺好的"。

　　"挺好的"是《大兵小将》大兵的口头禅，九死一生的他，拖着俘虏的小将，无非就是想回去领一份奖赏，有五亩田可耕。可就是如此再卑微不过的生存条件，大兵和《麦田》《唐朝》里的弟兄一样都没能实现，无奈中的意蕴更史诗。有史诗味道的战争才好看，才让人更加寻味"人类的文明史说穿了就是人类的不文明史"。人类都反对战争，可是

186

战争却是人类不朽的主题，自有文明以来，就是战争一次次推动历史的车轮，尽管人类的骨子里一直希冀的是和平。

纷繁复杂、功名利禄的娱乐圈，台上台下、幕前幕后更绕不开这种价值观的混乱与纠结，一边是宁愿扭曲、虚构历史，也要传达"反战高于一切"的温情，一边却又是条通盘顺的"墨攻"、抽空殆尽的"还珠帮"骂战、呼风唤雨的"家暴"、"永不瞑目"的互相起诉……残酷、刚硬、独断、决绝、无爱……战争的味道越发浓烈，于是《战国》也顺理成章面世了，还真是娱乐圈的战国时代。

塞林格走了，麦田没有了守望者。想着那金黄灿烂的麦田、那深不可测的悬崖，于是就如此这般意识流地悬疑了一下战争的味道。

9.无智亦无得

大地震。

大灾难是理所当然的催泪。

但我后排一男的说，就毛主席逝世那场景让他抹了下脸鼻，其他没啥。无独有偶，生离死别也没让我泪如泉涌，反倒是那个温暖的养父形象，一次次弄哭了我，不是触痛，是感动。觉着自己的泪水不仅不是没人性，反而弥足珍贵。心里又坚决伟大了一回，准备好和那位养父一样，被辜负无所谓，老时，就豁然面对孤独吧。每个人的节点就是不一样，各有七寸。

《唐山大地震》让我长时间处于难受之中，也"心里碎得跟渣似的"，但我真的不能理解姐姐，被救的弟弟不只是同胞，与她还是双胞胎，为什么会那么恨？一恨32年！一恨天各一方！如果不是最后坟场那一声声"对不起"以及恨自己的忏悔，她难道不该因为折磨自己和折磨妈妈，甚至折磨养父母而受到命运的诅咒？"他是我的弟弟啊，他能活着多好啊。"难道不是？妈妈那一声"她躲我躲那么远啊"是真的震撼。要怨，也只能是妈妈那样的呼天号地："老天爷，王八蛋！"

妈妈"没了就是没了"的撕心裂肺揪痛着我，但让我掉泪的是养父"亲人永远是亲人"的反复劝诫。《余震》或《震后》我也都觉得不贴切，片名如果只是粗朴地叫《亲人》，我会觉得这电影不是来发灾难财不是来刺人家伤痛，会觉得这电影陡然有了脱胎换骨的品质和境界，当会影史留名，殿堂看座。精血饱满书写人性与利用伪饰的时代背景圈钱，从立意到结果，始终有径庭。

我们都在追溯与怀恋20世纪属于《人到中年》《牧马人》《天云山传奇》那样的纯真，蓦然回首，这么好的题材怎么这么多年都没人弄，到头来还是落在冯小刚身上。是权数还是定数？

他出来拍那个年代，单凭《与青春有关的日子》里他的生平，王小帅的《青红》，甚至顾长卫的《孔雀》自然都弄不过他。他的味道，想象中，一定更加纯正并浓郁。

但拍出来的电影，还是有太多只有戏剧才有的情景。真实的人生，没了就是真的真的真的没了，哪还有那么多的水分。

23秒。32年。一生，其实一瞬。

电影最堵人心的，就是苦难罪孽面前，其实任何影像与文字，任何表述与评说都是多余。王菲的《心经》唱起，"无苦集灭道，无智亦无得"，没有世俗智慧，也没有世俗所得，怎奈我们都无从没有，于是我还在这自以为是，罪过。

10.我看见

　　黑夜给我一双黑眼睛，我没有用它来寻找光明。它不是在网络革命，就跟着脑袋在影碟的阴暗里感冒和发烧。今夜我看了一张叫《维纳斯之恋》的旧碟，讲一个年轻美貌的女作家，为了能写作、为了有激情，从正常的情欲世界游荡到非常的虐恋世界。

　　原本是这样的：她与他，惺惺相惜，相互欣赏，很快就进入胶着状态了。应该说，他其实是一个比她更有才情的作家，但是他们从馆子里出来后，他还是这样吹捧她："我看见，一个冒险家，一个充满想象力的作家，她的内心，酿造出恒久的轻蔑。她轻蔑经验的可能性，总有逃逸的冲动，她曾经多次伫立在逃跑的边缘。她的作品令我妒忌，她的灵思，她的潜在的迸发力……"

　　这样的赞语分明让她很受用，但她却找不到应对的台词，慌乱间她变得语无伦次，她顾此而言它，"我看见，一个少女，爱上了一个少年，他们正在那边亲吻，像他们的祖父母，像他们的爸妈，像他们昨夜的亲吻。"这都什么话来着？丈二和尚摸不着头脑，莫名其妙，不置可否。我都觉得，这女的说的，怕是要让男的瞧不起了吧。果真，很快他离开了她，也许也是莫名其妙，也许之前果真只是逢场作戏。

　　但她已经不能自拔。她深深地想着他，然后为了生活也为了无处不在的他的影子，她跳进了另外一个圈子，她甚至把自己变成了娼妇，然后她开始能够写这样的话：

　　"我看见，一个有钱人，他离开了娼妇，正要回家，他不快乐，他已经分辨不出娼妇与良家少女了。"

"我看见，夜的气息无预警地来临，将薄暮吞噬，游荡的影子呼唤着，被情感淹没。"

她越走越深入，无底洞一样的世界在不断向她招手。她又以自己的体验继续写："我看见，一个贵妇人，她渴求未知，她感兴趣的只是没有见过面的男人，同时也不会再见面。她丈夫竭力满足她，也满足自己。因为他的快感来自观看她，她的快感则来自有人观看她。"

噢，我看见，我看见……各种我看见，我看得好像也掉进了什么圈什么套一样，有很无辜的感觉，却不得不从心底里佩服她，非常的体验之后，她终于能够透过人的表象一眼看穿生活的本质。

我知道她屈辱地活着，却活得很光鲜，艰难地引败为荣。我也清楚，我照样不会为她感动。

人与人，诚然有不同的生活意境，即便意境相同，感悟也不尽相同。先前我基本上都可以在读别人故事的同时，看到自己的影子然后开始情不自禁不由自主地顾影自怜，但是这一次，居然不。我知道我看见的，是"一座座山，一座座山川相连"，我害怕我不能看见主流，我摸摸额头，我确实有点点低烧。

11.我看见你，我满足

　　看完普通3D版的《阿凡达》已是凌晨2点。摘下那个据说价值700元的原装进口新一代眼镜，等于我的外露神经末梢也解除了与潘多拉星球的连接，昏昏沉沉中化身做了个梦而已，回到人间，回到现实。也许应该去东莞看IMAX版的，那样也许就会像男主角杰克一样，一解除连接回归地球，反而感慨是从现实回到梦。也许简单看个2D版好过，起码没有那副又重又脏的眼镜造成的隔阂和不愉悦，色彩也不会变暗。没了绚丽色泽，对视觉是个折磨，何况普通3D的立体效果真的并不明显。

　　也许就是这样那样的差强人意，让我觉得没传说中那么好看，但震撼却是确凿的，特别是震撼中感受到的美感。潘多拉星球的唯美幽境中，纳美人居住的那个地方，自然美，天人合一，人与一切生灵心相通。《孔子》还没上线，但那个"兰之猗猗，扬扬其香。众香拱之，幽幽其芳……雪霜茂茂，蕾蕾于冬，君子之守，子孙之昌"的主题曲安放在那样的仙境很吻合。

　　卡梅隆的爱情里，杰克总是男主角。1997杰克的《泰坦尼克号》已成永恒，2009杰克在人间双腿瘫痪，在潘多拉星球却疾走如飞，还颠覆纳美人成为绝无仅有的魅影骑士。虽说爱是永远的主题，但《阿凡达》超越了纯粹的爱情，对不被现代文明染指的自然天堂的大爱才是焦点，不要牵扯我们的什么强拆，也不要再唠叨我们的什么蜗居，更无须动辄"中国元素"沾沾自喜。如果说《2012》是把一切美好毁灭给你看，那么《阿凡达》则是先复原美好再摧毁美好，这个本质上定律、细节上强大的过程由不得你不扼腕。所谓人类向往的未来家园，原本是最原始的存在，只是我们把文明推向极致的时候才发现我们失却了初衷，失却了最爱，这和把技术玩到了极致，骨子里却反技术的卡梅隆同样讽刺与警世，人类永远都绕不开的矛盾。离《阿凡达》这个2154的年份也就百多年，地球就几成废墟，可怜的人类只好把潘多拉星球的特种矿产当成最后的救命稻草。哥本哈根在我的观影过程不断闪现，2009的哥本哈根会议不欢而散了，迈克·弗雷恩那个举世闻名的话剧力作《哥本哈根》中，三个死魂灵关于国仇家恨与人类命运的长叹，不确定原理以及神秘的哥本哈根会面……哥本哈根貌似就是一个地球密码。套用孟京辉式的表达，人类的残忍是一种能力，不仅仅是个态度。人类的计划千疮百孔，只要能忠实地执行，就一定能顺利地失败。人类用灵魂交换，灵魂本来就很多余……只是，《阿凡达》这么一部反人类的电影，人类都说好，你能说人类真的没了灵魂？一边扶着沉重的3D眼镜，一边陷入沉重的纠结。但让我想到灵魂的电影是有灵魂的，我看见。

落寞的震撼是另一种纠结。卡梅隆说自己是张艺谋的超级粉丝，不知道看了《阿凡达》和《三枪》的人，沸腾的血液里为张艺谋骄傲还是为张艺谋感到讽刺和挖苦。不是说我们的现实和乡土不好，是我们连大师都失却诚意与耐心，一心圈钱的嘴脸更泯灭了美好的幻想。

魅影、大灵鸟、六脚马、蓝莲花、圣母、圣树种子……"I SEE YOU"，看完《阿凡达》我们都记住了这句台词，自然与和谐，我看见你，我满足。当然很没必要妄自菲薄我们的想象力，《阿凡达》其实让我们也想起我们的《大闹天宫》和《封神榜》，想起西藏的度母和杨丽萍的舞蹈……

走出电影院，夜的气息将一切吞噬，游荡的影子被雨丝淹没。我又习惯性地摸摸额头，确定自己还实实在在走在2010的光阴隧道，想起索尔仁尼琴讲的，"只要还能在雨后的苹果树下呼吸，就还可以生活"。

12.谁说不同水层的鱼不会游到一起

　　还真没自发性地这么一天天追着看央视一套的一部红剧，没这么频繁地上微博说感触找共鸣。觉悟被物欲拖着一路下探的年月，还以为这么痴情于一个下派村干部，是个难以启齿的事，是落后于时代的迂腐。没曾想，光微博上，举手有滋有味和爹妈一起看的年轻人就很多。不为伟大和高尚牵引，只被真实和质朴感动，碰触了灵魂，启动了情感，大家三言两语或感慨从情色谍战直接到红剧的自觉跳跃，或自嘲泪花的不争气，或掏出后现代外表下掩藏的一颗屁民的心……谁说不同水层的鱼不会游到一起？

　　非常的生活化，非常的接地气，没有手势，没有姿态，没有表演，甚至也没有所谓言传身教的味道，无非就是一个真实的人，无非就是最平常的人话，无非就是人该做的事，却是最高等的教育，走心了，血肉自然净化。

　　说到底，就是追名逐利的清算让人迷失，而体恤和温暖的洗礼让人偎贴。

　　期间高考的作文题出来，脑子里立马崩出《永远的忠诚》的诸多写点。"一夜越过温饱线，二十年没跨过富裕坎"的小岗村，当年摁下红手印大包干全国出名，却因人心不足蛇吞象、人心不古而抱穷守屈"回到原点"，沈浩去了，利为民谋，终让小岗人不再回到原点。另一方面，如果一撇一捺是人的原点，那么做人，作为人民服务的人，就必须回到这个原点，扛上一横一味自"大"的"人"，只能渐行渐远直至出轨。还有，莎

194

士比亚说，"有许多大人物尽管口头上拼命讨好平民，心里却一点也不喜欢他们"，但沈浩，他忠诚于党，更忠诚于人民，交情也许会变，交心却不会变，他没有愧对总书记的评价："群众拥护你，这是对你最大的褒奖"，可知一个知民心、顺民意的好人，"这世界需要你"……

原来，一个真实的主流红剧，是可以做许多题目的文章的。

但也许这些，都是题外的文章。题内的，沈浩书写小岗新篇章的那些事，每一件都响当当，每一件的背后，跑腿、解释、协调、劝说……那些热辣辣、热火朝天的情景，那种热脸、热情、热心肠……更是处处皆文章。当然，同事平步青云扶摇直上，他也有点失落；厅长来村里视察，他鞍前马后也有谦卑；县委书记告诫要避一避风头，不谙熟官场之道的他也有无奈……还有，对老母妻女的牵挂和歉疚，对病残孤老村民的落忍……艰辛、酸楚、委屈，虽说都只是他谋篇布局的些许侧面和间隙，但正是因为有了这些情感细节的丝丝入扣，才让人一看就放不下，才让人揪心。

要说有不足，对事件特别是大事件的交代还是有那么点穿越。还有，上足发条从不歇息的沈浩走得匆忙，电视剧的结局更匆忙，明显没有开篇的从容和细腻，时间都耗给村民口中的"一泡耗子尿"，不给力。一雕刻就走样，还是真实的呈现，再糙也动人。

此外，无论是命名为《永远的忠诚》的电视剧还是《第一书记》的电影，个人以为都太刻意、太直接，还不如叫《红手印》带味带感。当年18条好汉的红手印揭开中国改革的序幕；沈浩首任3年小岗人舍不得他走，98个红手印的信找到省委组织部和财政厅；沈浩离世，67个红手印的请愿书请回忠诚的灵魂。其中，摁或不摁，农民意志最真实、最朴素、最坚决的表达中，包藏拥护的爱戴和不忍的疼爱。红手印，是个灵魂。遗憾的是，电视剧对这三次红手印事件的刻画还不够圆润贯通。

看完电视剧，想去小岗看看那些红手印，还想去小岗附近滁州琅琊山的醉翁亭，再看一看欧阳修《醉翁亭记》那与民同乐、流芳千古的大文章。

13.不可或缺的都市档案

放下书，孩子说，一个新奇故事，一场华丽讲述，元素多多，拍成影视剧一定好看，轰动的概率不会低。说的是邓燕婷的新书《出租爸爸》。虽然我看见书的腰封有贾平凹、宁财神等人的重量级推荐，我还是更愿意相信孩子。只是没想到，几乎是一气呵成看将下来，情节迷人，人物抓人，更重要的是，社会的赤橙黄绿青蓝紫，生活的五光十色斑驳陆离，都市有血有肉的种种切切，全都在燕婷笔下风生水起。

从纯粹猎奇的心态到肃然起敬的态度变化，才让我有感而发，但散文式的优美吟咏我不会，只说真实大白话。

是真的意外，一个貌似宅女的人，她与都市的气息、都市的体温，竟然如此水乳交融。都市的思想符号、经济密码、文化标签、社会法则、人物命运、生存真相……生命内在矛盾的丰富与都市生活的复杂，真实而细腻地交融一体。

都市形形色色的花红柳绿，燕婷竟然也都是知道的、懂的。人类无处不在的情感纠葛，社会浮华的情色和功利，主流的漂泊与打拼，另类的林林总总……燕婷都那么圆熟地瓮中捉鳖，手到擒来，她就像《风声》中气定神闲的女卧底，深入监狱、飞车党、流莺、盗版制造……她又如飞翔于都市上空的一只鹰，都市的万花筒尽收她眼底。她对都市敏感细腻、犀利大气的感知，她的洞察力、感受力、解构力和表达力，让她书出了一本又一本。之前那些《请你抚摸我》《禁止拥抱》《为爱分手》的长篇小说以及长篇纪实文集《绝对真实——邓燕婷采访手记》没有读过，没有发言权，但是《出租爸爸》张弛有致、痛快淋漓地端出了她对这个世界的认识，她聪明而又狡猾，随意而又有序地通过"出租爸爸"这个线条，勾勒了都市叫人震惊、惹人不安、令人激愤、让人捧腹的冷漠、谎言、背叛、滑稽，当然，还有屹立不倒的温情，乐观与美好的良性暗示背后，是她真诚而炽热的灵魂。也因此，当初才在《芳草》发表时就被著名影视机构看中，电影、电视剧改编权同时被买断。确实是一个影视好脚本，主人公的职业与品貌已经足够吸引眼球，何况还有惊心动魄、跌宕多元的故事以及包罗万象的大千世界展现。

近年很少看小说，总觉得小说无非就是讲个无关痛痒的故事。但陈冠中说，"时评和言论都是有所针砭，但概括不了时代，要搭住时代的脉搏，还是要依靠虚构，即长篇小说来实现"，这话让我重新审视小说，从他的观点出发，《出租爸爸》无疑是值得一看的，燕婷对社会现象的总揽、对都市深层脉搏的把握能力让人惊叹。

也因此我认为《出租爸爸》根本没有必要改深圳为所谓的"海城"，也许燕婷认为曝光了一些社会暗角，是对深圳的不敬甚至背叛。其实深圳是包容的、宽大的，荒诞的背后更折射出现实的真切，何况燕婷大胆的表述并非没有节制。至于"出租爸爸"这个职业，《山楂树之恋》有"最干净的爱情"，《风语》有"最干净的权谋"广告，我跟着吆喝一个"最干净的出租"吧。真的，主人公很帅很好很动人，他没有给他自己丢脸，更没有给深圳丢脸。如果影视剧这事能成，期待干脆利落直指深圳。温暖美丽、静谧清醒是都市档案，但生活并非全部热烈与欢喜，疼痛无奈、纠结磕碰，一样是记录的组件，一样的不可或缺。

14.一望无极

　　《无极》上映前夕，央视长篇累牍地介绍演职员的创作历程和感受，陈红在报纸上也开始适时卖起她的无极日记。她这个《一望无极》的日记名起得好，E时代的一个衍生好词。于是我站在E时代的十字路口为稻粱谋的时候，就自然想象着《无极》的"三千年外残鸦事"，然后作"无言倦凭秋树"状，静心等待《无极》的到来。

　　但其实我作为一个懂得取舍的优雅人士，心里也还不能十分的平静，因为我听说，看《无极》首映都要像超女一样海选，而且票价是四位数，比刚从深圳离开的刘晓庆的《金大班》还贵。电影毕竟还不是现场真人秀啊，这么昂贵的票价，还去不去看？

　　另一个声音传来，陈凯歌说："无极的世界，就是每一个人心底里都有的一个世界，无极只是提供了一个土壤，让每一个人的心灵找到契合，让每一个人心里那颗无极的种子发芽成长。"陈导的话向来被评点为华而不实、不知所云，但是我从来都觉得我愿意去理解他，也能够理解他、懂他，无论是霸王别姬还是荆轲刺秦还是这个一望无极，我都觉得我是有觉悟的人，是和他一样有悟性的人，是可以和他站在一个高度看待问题的人，只是，同人不同命，我没有他的平台。相信我，我真的是很感性地说着理性理儿。

　　是的，说到陈导，最后的落点必然是感性。很奇怪啊，他那样一个魁梧的大男人。现在报道都在讲，《无极》是感性的，因为感性，所以值得一看。其实不讲我也懂，陈导再怎么金戈铁马，再怎么纵横四海，他强悍的外表里面，从来就是感性的。他讲的那个非常玄乎的人人心中的无极世界，说到底恐怕也就是"感性"两字。

只是，贵族式的思维中才有所谓感性，你去问一个食不果腹的农民，问一个昏天黑地的井下矿工，他能跟你谈感性？贵族式的陈凯歌这几年一直遭受贵族式的挫败，《无极》恐怕是一次贵族式的登峰造极，走到极端了，成的话自当俯视众生天下无敌，不成的话恐怕不只是重蹈覆辙，简直可以作樯橹灰飞烟灭的观望。但是看陈凯歌差点连我这样的粉丝都要堵在门外的架势，他是豁出去了。他说他的《无极》是粒粒皆辛苦型的极品打造，成功早已是他的囊中之物。好吧，我也非常希望他能成功，所以我不过是无风空摇摆了一下，很快就波平如镜地决定，看是必需的，看了再说。是的，大家都看了，他也就成了。

15.无边无极

　　头痛，又不甘心早早睡下，躺在床上看播了又播的《看了又看》。韩剧就是让人看着踏实，感觉就像和剧中人一家子过日子似的，尽管家长里短零零碎碎，但，那是实实在在的生活。所以，实在没什么可看的情况下，选择还是它，它是生活，没完没了。

　　虽然头痛，但简单地这么抓住生活好像又太对不起日子，于是又抓了一篇解码《无极》的报道，有一搭没一搭地看。这一看麻烦就来了，头痛的我竟然不由自主开始关于《无极》的浮想联翩。好像，电影已在我脑里成型。

　　看陈凯歌自己想出来的这么些人物：先有纯粹无污染的奴隶昆仑，再有追名逐利、一生为功名利禄所控制的成功男士光明大将军，控制着别人却时刻自我恐惧的无欢公爵，而奴隶鬼狼是所谓的没有对不起别人却对不起自己的芸芸众生的代表，陈凯歌说也包括他自己。四个男人之外是两个女人，一个是渴望爱却得不到爱的女人倾城，陈凯歌自己讲这个人物有点像戴安娜，而满神则被定位代表着每个人的心魔。

　　于是我灵光闪现发现这个看似玄乎的电影实际会很简单，因为我觉得，哪怕是头痛躺在床上的时候还是不能不在安于生活又不安于生活之间游弋的我，疑似光明大将军，而之前和之后的某个阶段，我也是昆仑，也是无欢，也是鬼狼，抑或更多的时候我是这些人的交错叠影。如果电影可以是独角戏，根本用不了六个人，六个人虽然是高度浓缩但也剥离了人的多重性。人之一生，擦肩或擦胸而过的，种种际遇恩怨、是非曲直、酸甜苦辣，皆在其中了。

于是我已经可以根据这些抽象的意念化人物以及服装什么的，用陈凯歌式的悟性，通过想象勾勒出来他的也是我的《无极》：六个人在镜花水月中登场，以所谓看不见的速度成长与成熟、生存与斗争、自由与禁锢、梦想与挫败，什么决战的铁笼，什么梦想的海棠树，什么情爱的海棠精舍，什么如鸟在笼的千羽衣，什么鲜花盔甲战袍，什么身在苦寒地带却扇不离手，什么不受地心引力的发型……一切都不过是概念符号。六个人没有实质性内容的故事其实就是我们的人生，六个人的名字就是我们的人生密码与咒语：昆仑大地，女人即便倾城也白搭，男人无欢乐，追逐光明终究鬼哭狼嚎。这样的电影可以没有开头与结局，因为始终的主题都是怀着希望，再见悲哀，又见悲哀。听说陈凯歌曾经密会林忆莲唱主题曲，其实不用费心，林忆莲《本色》的《再见悲哀》已是不用预谋的吻合。至于其他的服装造型、动作设计、布景表意……上下五千年，古今中外，大千世界，古典的，时尚的，任何人种物种，所有理念情愫，这个世界的任何元素，漫无边际的种种切切，只要我们有心的种子，有发现皇帝新衣的眼睛，我们都会无边无极地看到。我相信以陈凯歌伟大的思维与构想、伟大的投资与抱负，一定不只报道中让我看出来的山水画、动漫、意象派诗歌、哲学……正经的、无厘头的……世界有多大，陈凯歌的心就有多大，他用《无极》挥霍生命，《无极》当然就是电影的共产主义，我们将各取所需。

写至此拍案，《无极》这样的片名，真的贴极了。陈凯歌说《无极》都是大事当屁事、屁事当大事的"刁的人"，所以，面对这样的大片，就"刁"一下说了点屁话。最后的屁话：我在对《无极》的浮想联翩中，眼睛始终没有离开《看了又看》。我觉得，如果说韩剧是写实的万家灯火，那么《无极》就是写虚的繁华烟花。两个都要看，两眼看，两眼都看紧。

16.人谋鬼谋

　　看了《无极》我更加无极，我心底无极的种子一直在《无极》以及评判《无极》的肥沃土壤里迅速发芽成长。我彻底相信，世间生灵都是活在无极世界里绕不出来的，一直是，永远都是。所以我要说，《无极》是追溯的、归结的梦，也是超前的梦，是让谩骂者无法理解的梦，用虚幻来讲现实，虚幻也罢，现实也好，它注定是谁都无法脱离的美丽与残酷，不管你承不承认。

　　其实《无极》之前我的《一望无极》和《无边无极》实际上都还有那么点不以为然。我是多少带点不看好的解读和心理准备走进电影院的，不料电影却带给我太多的惊喜。本来我认为，那样的片名、那样的概念程式构想下，是可以不用故事来支撑的，至少故事是允许无头无尾的，因为无始无终的主题无非都是从希望到悲哀的周而复始。然而，电影的故事讲得潇洒飘逸而严丝合缝，浩瀚的哲理竟能与简单的人物、不简单的故事交缠契合。

　　还有，原本被我怀疑加批判过的陈凯歌式的野心也比预想丰富和细腻。先前我不无戏谑地讲，你若有幸种下陈凯歌说的那颗心的种子，世界有什么，你就能看到什么，伟大的陈凯歌会恣肆地满足你的任何需求。实际上看完电影，我获得的并不是这些硬邦邦的符号，我看到浩茫广宇下不一样的想象力以及背后的人文情结、文化底蕴甚至人的责任心，然后自觉反观众生的扭曲与变异、阴鸷与乖戾，自觉重新审视自己的生命和灵魂。

因此就想起《周易》的"天地设位，圣人成能，人谋鬼谋，百姓与能"，圣人效法天地自然而尽天下能事，所以圣人有别于天地也有别于百姓，百姓只有被动参与圣人设计的"人谋鬼谋"的份儿。于是乎，《无极》一出，唇枪舌剑，遍地开花。

脆弱狭隘的生灵多，所以刁钻促狭、尖酸刻薄、矜功伐善的"鬼谋"也多，我不堪其扰，所以不惜推翻自己的想当然，回归真实，面对诚实。

17.找回丢失的心

　　一直套近乎地管梁二平叫二哥。二哥这本书叫《秀场与看客》，我以为是那种可以随便翻翻快速读完的闲书，但才打开目录就被唬住了，"秀场与看客"只是下编的四分之一，而就这一小部分篇目也不是玩八卦，所有的字，都那样精深。二哥原来不单和我们沆瀣一气，这么高情千古的字，让我不能拿网络的梨花体围观了事，一下就被收拾熨帖了，只好沐浴焚香，深度研读，是真怕亵渎与玷污了他的字字珠玑。

　　王小波讲："我活在世上，无非想要明白些道理，遇见些有趣的事。倘能如我所愿，我的一生就算成功。"我读二哥这书，最直接的感想就是，它让我明白些道理，它让我遇见些有趣的事。譬如属猴的我，才知道"猴"字原本为"侯"字，于是我自觉不再猴急，自觉拿王侯将相的方正规范自己；譬如我也知道地球是圆的，却不知道东方和西方因此才相互把对方坐在屁股底下，先锋是和未来较劲的；再譬如我知道陈凯歌号称"上下五千年"，却不知道平日谈笑风生的二哥竟然也是"刚日读经，柔日读史"的大师……二哥文化容量之大让我崩溃，从上编的文化观察到下编的娱乐评论，看似杂散却是自成体系且骨骼强大，书、经、史、诗、传奇、戏说，甚至药书、古地形图……他的浩瀚与博大，要让我用流俗的语言来谈论，无异于蚍蜉撼树，幸而"诗可以兴，可以观，可以群，可以怨"，本着对《诗》一样的恭敬，才敢有些许妄语。

　　倘若需要从思想中得到快乐，人的第一欲望就是学习。二哥的书，就是值得学习，太有滋养。你别听他自己谦虚什么只是一串文化糖葫芦，即便是，那么糖衣里的葫芦，葫芦里的药也是补药。不屑是你不够幸运，不敬是你不够智慧，他写的秀场和他自己的文字秀，里面是"山抹微云，天粘衰草，画角声断谯门"， 而里面作为看客的他和外面作为看客的我们，则是"销魂，当此际，香囊暗解，罗带轻分"。这串鲜口的"糖葫芦"，平时你在快餐媒体绝对看不到，"糖葫芦"穿成了迷宫，"看上去充满绝望，走进去就有希望"。

从文化到文明，从文化差异到文学走向，从皇帝格格到微笑的芬妮……天下之大无奇不有，但是世间有多少神话，就有多少对世界的误解。秀场终究是"对景难排"，看客也总归是"空照秦淮"，二哥既冷峻也风趣，指哪打哪，自由的精神，放任的思考，开阔的视野，我在他娓娓道来的从容中不断惊叹，评论原来可以是这样一种境界。比起我们不问自己兴趣和状态，只问发表报刊的面目，按部就班，中规中矩的功利，二哥对学问那种鱼水情深与游刃有余，让我想起蒋方舟的感叹，"遇见太好的书总会犹豫不敢看下去，怕眼睁睁地目睹上帝一点点松开作家握笔的手，能做一个你心仰你敬重的人的看客，那是一件多么幸运的事"，但二哥握笔的手不需要我们担忧，他每天上午写字，写到顺手时就去洗一件浸泡在浴缸里的衣服，然后再写，然后再洗，多么科学的劳逸结合，难怪他的字那么洗练。这个还真不是我辈可以做到的，我就觉得躺着是最好的思考方式，只可惜，"恨睡不成字"。

"凡是想开的花，全在开放，凡是能唱的鸟，全在歌唱"，这个时代谁都作秀，不秀不足以证明自己存在。任何秀场，也都是包装下的游戏。二哥洗出来的字拿去文坛扫黑尤为尖锐犀利，譬如他直言"谢有顺让我大失所望"，直言"王朔捧人的文章不敢看"，然后他分析，"都是正直的人，毛病出在同时善良"，敢于这样批评"批评家"的人该有怎样的底蕴？他拿什么来扛？

作为说话的人，他首先也是个秀者，然后才是看客，能在秀场与看场中曲径通幽，我想这是因为二哥身上有"小儿无赖，溪头卧剥莲蓬"的鲜活。

二哥说"往往是内心最不闲的人写出最有名的《闲居赋》"，他自己呢？他说"如果说闲是一种文化，应当宽容我在这里说的闲话；如果说闲是一份事业，那就应当让一部分人先闲起来"，原来他是闲人，所以就写出了不等闲的气场。那种一入口已非常好味于是舍不得吞咽，试图反复咀嚼的味道，足以让人找回丢失的心。恨啊，2009年初出的书，我居然到年底才读到。毫无疑问地扼腕，然后我很负责任地向身边的人推荐，这本《秀场与看客》绝对是2009年字尖上的金字塔，二哥绝对是文化娱乐写字人的领跑者。

　　这个时代谁都在发言，却谁也来不及听谁说话，浮夸与功利让世界喧嚣不已。我说二哥这书能让人找回丢失的心，是因为他作为知识分子，身上有孔孟，也可能是程朱传下来的那种传统模式，那就是自己先做个循规蹈矩的人，做出了模样，做出了乐趣，然后才去说别人。所以无论他说古人说先贤还是说当今的一众名人大师，他都是思维的精英，他提升自己、提升别人的那种睿智、机敏、理性、格调、独到、引领……绝对叫人口服心服，可是他居然还有是否"对得起纸张"的怀疑，真是风趣到极致，又严谨到绝望的人啊。

　　说二哥学贯东西毫不为过，更何况他还有满满一身时空穿梭的履历，太让人开眼了。我才不管郑和下西洋是不是反复被误读，反正我读此书是近乎发现新大陆的，二哥说"海上有仙山"是远古的忽悠，我也忽悠他一个"书中有二平"吧。文字是有规格的，虽然天真也是个市场。但也不要给吓着了，二哥也是痞的，"思想上痞是革命，技术上痞是创意。痞是能力，文字只是其表象"，学问之道无他，只是找回丢失的心罢了——对了，这话，也潜伏在他书中，孟子说的。

18.步步惊心侠与义

　　郁闷地看了一堆隔靴搔痒的电影，看到《武侠》才吐出一口恶气。扼腕痛惜错过了电影院，错信了各大网站的差评。

　　腾冲当然不是张艺谋粉饰的颜色，《那山那人那狗》那样的原生态，镜头一拉开，侠的意味已来，眼睛为之亮，精神为之振。让那些古装武打大片的老套路见鬼去吧，陈可辛的"微观武侠"徐徐道来，甄子丹小菜一碟的一段近乎搞怪的武打之后，更搞怪的金城武，又是医理又是侦探帅帅地出场了，三分之二的篇幅几乎没有俗套大片的血雨腥风，陈可辛从容不迫地拿金城武的"义"去解剖甄子丹的"侠"，整个过程一直是低沉徘徊的意识流，是远离喧嚣的写意画。及至侠义的内核在他俩的纠结中水落石出，太阳穴控制着金城武的心跳，也控制着我的心跳，喜欢这种飞扬不跋扈，喜欢这种含而不露。

　　惊悚神秘悬疑的氛围里蕴含的侠与义，很新鲜。打低分的大多数人都不满意甄子丹大部分时间没有施展拳脚而在打酱油，我却惊喜地欣赏着他表现出来的刻意无为和放弃。他越收，侠的味道就越浓，以前的他都是"武戏过剩而文戏不足"，这个戏即便有人嫌他收得略显呆板，我却认为这才是对痛定思痛执意归隐的那个刘金喜内心的最好把握。金城武演得更好，大多数明星演什么来来去去不外是自己那三板斧，但金帅哥这个徐百九，养眼还在其次，敏锐、严谨、精进、细心、自信、冷静还有幽默、搞笑，层次感很丰富，"不要帅，要怪"的造型理念被他演绎得游刃有余。徐百九以针灸檀中穴来压制自己同情心的举措让不再唯物的我笑喷，原来人是可以自己通过打开闭合穴道来控制性格的，真的强大，真的可爱。还有他充满内心挣扎的"自我对答"，论公论私，论情论理，孤独中的自我煎熬，很有看头。当然，我喜欢这个徐百九，还因为他是我们潮州的，却还说磁性的四川话。最难忘林间小路两位男主角那场戏，两人亦步亦趋中，寡言少语却步步惊心。

一点点小遗憾。首先是刘金喜这个角色多少有些符号化，比较难经推敲。还有就是王羽出场后那些嗜血如麻的杀戮戏，后面三分之一的情节，让《武侠》的武浓重起来，却稀释了侠，武与侠虽然是难兄难弟，但武侠之重应在于侠。王羽有气场，戏也好，却破坏了影片的侠气，他一出现，所有的俗套就都套上了。而且，砍不死他，就用雷劈，这也太牵强了。影片全程让刘金喜与徐百九两人斗智斗勇之后侠义充分彰显，纠结中圆满不是更好吗？林间小路刘金喜已经嗅出被徐百九识破了身份却一直收着没下手，徐百九取得捕票回村捉拿他时，他只一句"不是说了不回来了吗"就深深刺痛了徐百九的内心，直至夜幕中两人围坐篝火，拐点已成，徐百九所坚信的"一日为恶，终身罪犯"的命题已经被否定，侠气和正义，不应成为敌对，何况周边还都是亲情和乡情，真不应该再有你死我活的结局。难道都必须奔着戏不惊人誓不休的路线，非得狗血至死？貌似什么都要死给你看才叫美，平静的震撼已经多年未见，本末倒置，本应回归。高科技的大场面，攻城略池再怎么热闹、再怎么有气势也不过是皮毛，戏肉在于波涛暗涌的短兵相接，在于让人的心灵有滋润。

和我的看法相反，看惯了打打杀杀、活人和血肉齐飞的人们，也许是脑电波的接收惯性作祟，很多人都在影片的前半段感到心里预期落空，觉得一个高手想隐姓埋名的故事不应成为武打片的主轴，没看到大场面，没看到更多的武斗，就失望，就给低分。感慨现在的人，一边时髦地跟着骂那些"满天飞"的大片，一边却又只能停留在欣赏满天飞的打打闹闹的弱智里。这年头的批评，要不就是你到底要说什么？要不就是闹了半天你要说的就是这个！都是人云亦云，都是袭人故智。至于表扬，也多停留在能把故事讲圆。我只觉得对陈可辛的信任，完全可以有。他有想法有手段，有心思能雕琢，还有一种超脱香港本土化表述窠臼的顿悟式决绝，一路看好，一路看下去。

19.只叹江湖几人回

　　滇西小镇宁静的梯田石阶，祥和的民俗民风，淳厚的乡情亲情，为什么不能是差一点就进族谱的甄子丹的归宿？如果是，我们就看到了该有的救赎，我们就得到该有的平静。

　　说的是陈可辛的"微观武侠"。

　　能用太阳穴控制心跳的金城武真是多事，但没有他多事就没有戏，所以是编剧多事。编剧其实也冤，你死我活戏不惊人誓不休的狗血至死非但时下所需，也是江湖写照。金庸即便"笑"傲江湖，句点不也落得一句"只叹江湖几人回"？

　　出来混，就是要还的。所有的冤孽与报应，有来路，有去向。回不去了，是正理。"提剑跨骑挥鬼雨，白骨如山鸟惊飞"的甄子丹，一番坎坷之后，他还是回了的，虽然断臂是代价，却也不可惜。

　　可惜的是金城武。树欲静而风不止，他掀起的江湖，却一边是执着正义的规成，一边又是同情的本心，纠结就是架在自己脖子上的刀刃，死得冤，却死得必然。

　　所以最让人心痛的是金城武取得捕票回村捉拿甄子丹时，甄子丹那轻描淡写的一句"不是说了不回来了吗"，这一"回"就注定永远的"回"不了。

　　卢照邻的"归来谢天子，何如马上翁"感慨了时代的牺牲品，金城武更是彻底地牺牲了性命，那"一日为恶，终身罪犯"的所谓正义的执念害死了他，怪不得王羽。

王羽出场后所有的嗜血如麻，不外是寒冬必然的暴风雪。他一出现，桥归桥，路归路，包括他自己，被雷劈，也许牵强，但天收却从来就是真理，盖因原始。

说得更老套些，所有的江湖都是俗套，所有的俗套都是命。他们遇见，他们就是互相套上的命。

格里高利·大卫·罗伯兹讲："命运早晚会让我们和某些人相遇，一个接一个，而那些人可以让我们知道我们可以让自己，以及不该让自己成为什么样的人。"我想说可以让自己成为有书卷气的人，不该让自己成为有侠义的人。这个选择或许很卑劣，因为当今社会最缺乏的就是侠义精神。可是，侠义势必捆绑江湖，活人和血肉齐飞的江湖，"一入江湖岁月催"，可免则免。

20.装什么古圣先贤，装什么大

古装大片从2000年开始，21世纪走到今天10多个年头，终于可以冠冕堂皇称它们那些天马行空的穿帮为穿越了。穿越当道，烽火还浓，硝烟依旧，所以，你要相信，它们虽然从来不是为了正史，也绝对不是为了世人诟病的抢钱，它们用特效猛药舞弄出来的那些天地阴阳招，那些金丝大环刀，那些闭月羞花剑，那些飞檐走壁人，那些英雄美女情……一切无非要将《战国》孙膑对美女田夕讲的那句"你知道世界上最美的东西是什么吗？是你的眼睛"穿越给你，你有了世上最美的眼睛来看它们，你可以不感动，但你只要是买单了、娱乐了，就对得起它们的良心。老舍的《黑白李》怎么讲来的？"良心是古圣先贤给他制备好了的"，它们用这制备好了的良心，丰富了你的物质文化生活，你所能承受的底线所能啃下的骨头都不过是浮云，它们再怎么欠奉，你也得感恩。

2000年大师李安在平静与从容间拍出了《卧虎藏龙》的暗流汹涌，充满中国风情与绚烂怀想的爱恨情仇和武侠精神风靡了全球，于是开创了中国古装大片的历史，于是同样是大师的张艺谋出手就成为必须，他那些土不拉叽的农村戏被放下，2002年他当仁不让做起开创内地古装大片时代的《英雄》。

之后地球人都知道，《十面埋伏》《无极》《夜宴》《满城尽带黄金甲》《见龙卸甲》《赤壁》《画皮》《花木兰》《锦衣卫》《苏乞儿》《孔子》《关云长》……古装大片盖起了高楼，片商和地产商一

212

样，是这个时代的伟岸标签。可是红红火火却恍恍惚惚和哼哼哈哈，你走进电影院，收获的只是一坨又一坨特效的绚烂，却一次又一次被无边瞎编的空洞无稽忽悠，留下的是那些穿帮细节和反智人事，当然还有现代腔和文艺腔的笑场台词。它们满足不了你最需要的情感需求，你只好在骂声中找寻些许戏谑的快感。被看的感觉当然也有，被心跳的不是感怀而是激愤，眩晕的光线确实一直都透过你最美的眼睛，但不被充满的心反被掠夺。

假大空就是它们掠夺你的法宝，那是真的假真的空，还装大，机械化和可复制性的大资金和大规模，千篇一律大一统，没有认知没有精神价值，屡屡用情欲解读历史的俗套还一次次不合情不合理，虚张声势的磅礴却只能隔靴搔痒，你别指望它们是现实生活的试剂。看它们装古圣先贤和装大，你还真不如去看壮族的民间游艺"装古事"，那些扮着"水浒""三国""红楼""西游"以及"仙女散花""七祖下凡""梁山伯与祝英台""杨家将""八仙过海"的掌灯高照中，喜庆和真情，欢乐与温馨，踏踏实实地，银河落人间。

为了电影事业的"鸡提屁"，为了和西片抗衡对垒，古装大片也许自以为是顺应上帝的造化，可是它们留给你的记忆，甚至还不如19世纪八九十年代《笔中情》和《倩女幽魂》来得温暖深刻。

讲大片当然要扯上大导。如今通货膨胀的年代，冯小刚的电影也远非当年《甲方乙方》《大腕》《一声叹息》《非诚勿扰》那样，在黑幽中贴近生活和针砭时弊，现实题材成就了他，古装大片的经济泡沫却让他迷失。而陈凯歌《无极》和《赵氏孤儿》所体现的人文关怀，相对于他当年的《大阅兵》《黄土地》《孩子王》《边走边唱》，都显得生硬和别扭。

21.仿佛开始看到自觉的自嘲

古装大片的高楼盖到《王的盛宴》。

高尚是高尚者的墓志铭，卑鄙是卑鄙者的通行证，这诗一定是写给项羽和刘邦的。真心痛惜"只看到自己光芒看不到别人欲望的高尚贵族"项羽，可是每次看到的都是刘邦阴险的笑。

这次有所不同，三声"噩梦"的开头，一声"终于可以结束了"的结尾，让我解气，活该小人心神不宁，活该他噩梦缠身。此外，如此画外音让我仿佛还看到大片开始有了自觉的自嘲。不是吗？这些年，大片于己于人不都是噩梦？大片扎堆自以为"王的盛宴"，但这回《王的盛宴》没造孽，省掉了多少无端杀戮的大场面？这真是莫大的进步。甚至，《王的盛宴》没摆宴，让许多不动脑筋的人叫嚷"只有王，没有宴"，但愿假大空的大资金、大规模、大一统真的如刘邦的喟叹，"终于可以结束了"。

虚张声势的磅礴终究不关痛痒。《王的盛宴》于是探求人心。得天下却得不到心的安宁。片名，很衬戏，很画龙点睛，电影讲的，明显不只是那场鸿门宴，而是刘邦一生的鸿门宴，更是芸芸众生的鸿门宴。那么多有形无形的政敌，疑心生暗鬼，"人为刀俎，我为鱼肉"。

楚河汉界，老得不能再老的题材，再拾人牙慧还真没意思。陆川新视觉，新概念，新思维，这本身就值得肯定。谁规定电影不能如此意识流？谁说这样的意识流电影像话剧？谁说像话剧的电影就不是电影？即便因此没什么情节，即便因此让一腔情怀卡死在滚烫情绪中。

而今的电影营销，水军灌水是一大招数。我不是水军，我从来最崇尚辩证唯物。只是任何评说都是主观的，都有各人的感情色彩，都难求客观，所谓"客观上说"根本就是自己打自己嘴巴。但无论电影本身还是影评，个性化的表达应当尊重，只是单以泄愤为目的的谩骂、唯利是图的灌水，都不应该。

　　《王的盛宴》的价值会让时间说话，可惜的是利益亏损下，陆川完全没有刘邦的王者风范，他的急赤白脸、急火攻心都说明他依然还有项羽的天真和意气用事。也好，完全圆熟的人，艺术上居多也只能是个工匠。

22.国民性的反思

　　《中国地》一开始，北大营丢了，沈阳全完了，四万万人口的国家，到处沦陷，到处哀号。烽火连天的镜头一转，赵老嘎的老伴墩上晒玉米，他墩下和玉儿耍秋千，老伴走下来，笑呵呵甩出一句家常："小的疯老的也疯，一会儿就吃饭啊。"

　　岭外，地亡人亡；岭内，地在人在。没有地，哪来的安身立命与合家欢？于是，赵老嘎吼叫："你们走，枪留下，你们不打，我们自己打。"于是，14年，区区8公里的清风岭，成了"九一八"事变后东北唯一未被日军占领的"中国地"。

　　《中国地》的主线条，是赵老嘎的抗日主旋律，他带领全村，生命和鲜血的独立坚守，气势与智慧的孤军作战，彰显的是沸腾不息的民族魂。清风岭是一树精神的岭，"中国地"是民族尊严自觉自醒的高地，让人不由想起艾青的《我爱这土地》："为什么我的眼里常含泪水？因为我对这土地爱的深沉。"所以，《中国地》首先一定是抗战大戏，是一次与黑龙江方正县为鬼子建碑形成鲜明对比的价值观的传送，历史不能忘，历史的创伤更不能忘。

　　但毋庸置疑，能让李幼斌携手萨日娜三度一起合作的戏，肯定也是个情感大戏，人物设计、情节、细节肯定独特饱满。戏出彩的地方正是赵老嘎这条复线，荡气回肠的抗日盛举下，更掷地有声的，是这个山大王的"嘎劲"，嘎得那么血肉，嘎得那样多维。他总能先人后己，他有大义，他是英雄。但，他也愚昧落后与无知，可以随随便便就让好端端的人成为牺牲品；他有一种让人憋屈甚至让儿子永清笼罩在他强势阴影下压抑到不得不离开的霸气，但只要理亏他便低声下气；他联姻和结拜的外交策略中，更透着一种狡猾……他是军师口中的"不可理喻"，老伴眼里的"油盐不进"的主。他和被他用计谋绑来的军师王先生的一段对话很精彩："王先生，我们清风岭的事你不懂""抗日在家里抗，到外边抗什么去。""清风岭以外的事我不管。""我把你当抗日义士，原来你只是一个山大王。""王先生，气性挺大呀。""悲哀啊，国民性的悲哀"……精神的岭，精神爬坡的过程，不可或缺。他也会累，也会梦里流泪干号，他血性，也匪气，他比王先生脾气更暴、气性更大。

　　如此戏便好看了。相比一味歌功颂德的单薄，《中国地》通过鲜活人物对国民性的反思，加上演员自然流畅的表演，才让人瞩目，让人愿意同频。

　　据说收视很好。同期的新《水浒传》，四台卫视加起来的收视份额都没它高。但，热播却不等同就是热点，号称最具人气的微博产品上，《中国地》也没多少声音，导演微博平台做客接受提问，问题虽不算太少却都是些皮毛。显然，立誓不拍偶像剧甚至自称连偶像剧观众都不是的创作人还是难接地气，人气自然就稀薄。偶像时代，明星嘻嘻哈哈随随便便一条微博，几分钟内就可以成千上万的评论和转发。精神的清风岭，气性的中国地，如果不是还算成功的商业运作，如果没有央视一套这样的平台，没有大情怀小视觉的雕刻，没有凛然正气中那些霸气和匪气，还有演员的底气，80年前的英雄，又不玩穿越，眼下能有几个愿意看愿意说？又能成什么热点？这，就算是戏外另一种国民性的反思吧。

23.纵览恋爱中的女人风景

　　艾小羊是一个讥诮的人，读她的《爱的智慧，决定女人的一生》，从不认识到认识，缘分总有自己抵达的途径。经济独立，精神独立，心思有点狡黠却世事洞明，天下女人和她在字里的体验与感悟的分享中攻守同盟。而我作为一个家有千金的良好父亲，经常叨念女儿该如何成长，操心她眼下的学业不算，还杞人忧天地规划着她未来的工作和婚恋，猛然间发现这些关于女人爱恋的字犹如一个现成的、系统的、启益的、趣致的法典，金玉良言警世醒人，很酷毒却又很精准，于是都推荐给女儿，意料中的受落。确实，人之一生，尤其是女人的一生，为情所伤，为情所累，为情所困，情路迷茫，很容易就蹉跎了过去，是该懂得如何成为女人、如何妥帖安放自己的内心的。放对了，幸福就事半功倍，反之，即便到头来自己练就全身精装却只落得委身于"剩女"行列，这个不能说不悲哀、不遗憾。

　　情场到处是荆棘，艾小羊修炼成精，她知道知己知彼去看男人，不偏激、不女权主义的面目可憎去做最舒服的女人自己。玩世不恭中的睿智，让内心强大，让自己活色生香……她的字里，随处都是爱的智慧——

　　爱的付出与回报。她懂得会爱才有人爱，所以她会付出。她说，"在心甘情愿把心送上去千刀万剐的时候，先看看自己是否有只付出不索取的精神病，然后给自己一个退出的期限"，呵呵，越活越美的女人无不是经历了一次又一次飞蛾扑火的爱情，所以思想开放的女人不怕一再付出，知道越付出越滋润。当然她也知道爱情要有所图才能长久才能强烈，在一段又一段感情中成长的女人并非智商过人，而是目的明确。一个女人的成功，确实离不开这个因素。

爱的分量、距离和分寸。明智的女人懂得该弱视的时候装作看不清，用她的话就是，"眼里揉不得一粒沙，不是爱情，是洁癖"。距离这个东西最敏感，何况在爱情中。所以她懂得爱情最大的失误是纠缠，很拿得起放得下。她旗帜鲜明不做"吸爱鬼"，她说张牙舞爪会吓跑男人的，分寸于任何事，都得讲究，何况是爱情。

爱的技巧和经营。她知道对于男人的那点儿小色，明视、藐视比鄙视更高明，而最不高明的就是重视，她也知道爱男人得先爱自己，并很清醒地认识到女人在爱情中的累不是因为投入太多，而是因为不切实际的算计太多。

至于爱的本质，有理解才有感激，有感激才有融洽。世上所有事情的本质原本其实简单，聪明的女人懂得不把简单弄得乌七八糟的复杂。她的观点是，"幸福的爱情很随便"。

就这样在她身上纵览了恋爱中的女人风景，享受她们的同时享受她们的致敬，她代表她们这么夸我们男人："所谓浪子，是用来丰富女人青春经历的""男人总要有点小坏，小坏方能大好""不要把你的男人想得太动物，更不要低估他的智商"……好聪慧达观知性的女人，代表男人们回敬一下吧。

24.全民被电影的时代

　　如果说房地产业是金融风暴后，政府在情非得已下被它"绑架"从而再度辉煌起来的，那么电影业在萧条中的迅猛壮大，既不是它主观上有韩三平讲的多么无惧经济危机，也不是它客观上有多么强悍的手段可以胁迫政府，它只是捡了个便宜，人们在危机中越苦闷越舍得花钱看电影去买个痛快，这就成全了它。和喝酒买醉同样道理，电影可以麻醉人。人们为逃避沮丧的现实，为缓解疲惫的内心，会源源不断走进电影院去找寻温暖与力量。

　　于是，电影院经常排起了长龙，好几个周末我所到的保利、金逸、太平洋，乌泱泱全是人，买个票起码十几、二十分钟；于是大片辈出，而所谓大片大家都心知肚明，不是什么大艺术，而是所谓的大制作、大噱头；于是过亿的票房也层出不穷，《建国大业》过四亿的时候，大片的理想不外还是"奔四"，《泰囧》和《西游降魔》的效应下，现在就连《致青春》这种文艺小片也已经动辄意在十亿了；于是从主旋律到各种烂商业片，动不动就挤进《新闻联播》和《新闻会客厅》……全民"被电影"的时代又来了。刘晓庆领衔的20世纪80年代也是全民电影，但趋之若鹜的背后，是电影的新鲜，是文艺的贫乏，性质完全不一样。

　　想起金融风暴刚来那阵，贺岁片《梅兰芳》里孙红雷那句话："疯了，这个世界全疯狂了！"当年梅兰芳在大萧条中的美国唱响他的《汾河湾》，人们一边在街上领救济面包一边疯狂抢买他的戏票，5美元的票价被炒到15美元，创下萧条年代百老汇的天价。而今的电影，还真有点当年梅大腕的味儿，萧条中阴霾横扫啊。有数字讲，美国在过去几十年的时间里遭遇过7次经济不景气，其中竟有5次让当年的电影票房强烈攀升。

不是没有人出来佯装圣人指责全民"被电影"多么荒诞可笑，人们没有理他，人们不是圣人，人们只知道电影也是文化元素，电影里也有千山万水，也有芸芸众生和独一无二的灵魂，所以人们都心甘情愿"被电影"。

只是，电影拿什么来让人们被电之后不是只徒有泡影？拿虚报的票房来引诱？拿经不起挑刺就封媒体嘴巴的手段来蒙蔽？票房和口碑是所有矛盾中的矛盾，电影业老大韩三平告诫电影人"必须要有一种情怀来做你面对的事业"，这话让人们觉得在理，人们都不是什么理论家，人们只知道看电影要花钱买舒服，电影就必须有让人愉悦的情怀，你让人们不痛快了人们也不会再买账，你要叫人们一被再被，就该让人们爱看，就该让自己耐看。

25.疼痛就是现实与梦想之间的距离

经典和先锋，传统与实验，穿越一切的现实与梦想，世界一次次浓缩于舞台。身体在台下，思想在台上，自然，只有灵魂相通、对话天成的戏才能是好戏。看戏必须是一次抵达，起码必须是一次旅行。尽管来来去去，所有的艺术形式，主旨无非都是人的处境和生命价值的思考，无非都是现实的批判和梦想的憧憬。

现实与怪诞幻想之间，距离有多远？

怪诞幻想，抑或称之为梦想，无论是生命本源的需要，还是魔幻的蛊惑，无论飞扬还是平实，都注定被现实击中。

现实又是什么？现实就是孟京辉《一个无政府主义者的意外死亡》一开场就冷嘲热讽的那个屁吧：放屁的人欢天喜地，闻屁的人垂头丧气，有屁不放憋坏心脏，没屁硬挤锻炼身体。屁放得响能当校长，屁放得臭能当教授，不响不臭，思想落后……一个屁，人人成为怀疑论者，好像永远都无法知道，为了和梦想在一起，要怀疑多少个屁。

古装爆笑话剧《金瓶外传》中，武松这样说："大哥，我武松是一个文学青年，确实也怀揣一个文学的梦想。但是我再怎么渴望成名，也不会用这种自毁形象的方式来要搏出位，我是有底线的！"武松也许是另一个《暗恋·桃花源》的老陶，笑声背后，是现实带给人的疼痛。

疼痛就是现实与梦想之间的距离。看看《命运建筑师之远大前程》，安琪和小鬼，一对多年的好搭档，房产推介，新车展览……他们专门扮演情侣做幸福的托儿，假装完美诱使别人跟进。但是背后，他们虽还互相依赖却彼此龌龊，谁都嫌弃谁，他不是她梦想的那个白马王子，他也一直相信自己终将兴旺发达而不屑于她。后来，她被建筑师摩西相中，因为她收钱表演的一个女人在房子里的幸福感让摩西一瞬间来了灵感，于是摩西成功了，并顺理成章带走了她——这样的故事由头原本老套没啥看头，张艾嘉、林奕华这样的才女才子要昭示的主旨显然是后面的东西——没有了安琪的小鬼，魂不守舍，患得患失；住进摩西家的安琪却住不进摩西的心，他让她感觉遥不可及，让她想离开却又走不掉，满足和依赖中的空虚与落寞……至此，现实被更广、更深、更多元、更戏剧地展露，现实不只是残酷的社会表象，现实是每个人，每瓣心尖上的茂茂雪霜，也就是叔本华说的"生命是一团欲望，欲望不满足便痛苦，满足便无聊。人生就在痛苦和无聊之间摇摆"。

英国壁虎剧团的果戈理经典话剧《外套》，作为弱者的主人公，现实中他只感到乏味，只会胡思乱想，但他的内心世界却又那样奇特的执意，他要赢得梦中女孩的芳心，他要改变自己在世界的地位——这是一条现实与怪诞幻想之间的模糊界线，很让人想入非非。外套裹着现实的苍白，却包装了一切执念。这样的戏，让一切也粗俗，也平庸，也追求完美自由，也焦虑，也精神至上，也慵懒随意，也白日梦，也矛盾体，也探索的人，有了疼痛的抵达。

好的戏，总能在微妙的冲突中让你猝不及防地受到心的撞击，这时候，疼痛依然是现实到梦想的不可逾越，但疼痛却让台上台下融为一体。最怕的就是那种看了白看、不痛不痒的戏，浪费表情，还违背低碳。

当然，光能让人疼痛的还不能算是经典。好的戏不是只会在台上指责现实指桑骂槐，好的戏一定能处理好它的角色担当，让人记得自己的存在，记得自己在这个世界上的位置，让人不至于脱离自己去谈论世界……"每个人都希求人性正当的尊严，道德的完善，人性的自由表现和对现世存在的超越感。然而每个人多少都具有在谎言中生存的能力。每个人都会屈从于世俗的降低人格的企图和功利主义。每个人都有与芸芸众生融为一体，在虚伪的生活中同流合污的意愿"，这是哈维尔的真言，好戏会给人这么一个镜面。

26.言语的主人还是肢体的号角

　　以前深圳人特别羡慕北京人，想看场话剧，抬腿就有。而今，其实深圳的话剧舞台已然繁荣昌盛，这些年来深圳的话剧如过江之鲫，只是，一边沐风栉雨引吭高歌，一边却也烽烟四起兵荒马乱。

　　现在看话剧这码事，对于深圳人来说，随时做主，随时动身。只是，话剧本身，它究竟是语言第一，还是比画重要？遗憾有些话剧，简直就是七拼八凑，有如小品合集，借了话剧的壳，但既没有小品的滑稽幽默与笑料百出，也没有话剧的透彻深刻和隽永悠长。包袱虽多却纯粹娱乐，结构松散，故事局促，情节突兀……太多堆砌的舞台形式，正应了《一个无政府主义者的意外死亡》那句振聋发聩的台词：现实主义功力不够！

　　看过太多的话剧，特别是小剧场，都喜欢用所谓的形体造型充当语言，演员在台上，不是言语的主人，而是肢体的号角，刚开始看还觉得新鲜，但很快就腻烦就质疑了。话剧，就是要有飞流直下的语言轰炸，就是要有滔滔不绝的精辟台词，台词是话剧的灵魂，它精彩，舞台就事半功倍，它被削弱，舞台总感觉松散。

　　没有主角配角，演员既是故事中的人物，也是乐队成员，他们放下吉他走进舞台巨大的白色画框，就成了剧中人——孟京辉的《三个橘子的爱情》，也是因为把这种随性表演作为全剧主线而遭受诟病。

　　当然，台词爆棚的也不一定都好。有的戏台词华丽却不知所云，台上优越感十足，滔滔不绝卖弄知识，指手画脚对万事万物下结论、造概念却杂七杂八有不相干之嫌，纯粹堆砌的包袱，貌似巨大的文化气场，其实是为了强大的生硬，为了尖锐的心虚，为了挑衅的遮掩。

喜欢的是那些语言精准，表达合理，讽刺隐喻却明晃晃的台词，当然还要有饱满的话剧腔。戏曲有唱腔，我一直认为话剧也有话剧腔，好的运腔一定是有嘴型也有身段，吐字也有眼色的。装腔作势无病呻吟的，简直就是剧场的垃圾时间，最怕那种台上蹦跶得欢，有一搭没一搭说着些不温不火貌似深刻的醉话昏话还自鸣得意的，直眉瞪眼还受得了，鸡皮疙瘩太多恐怕喷嚏都可以盖住他们了。

无论语言还是肢体，都不要无来由，不要哗众取宠，任何台词、任何造型，最好有来处有去路。"戏剧应该有娱乐精神，因为这是观众需要的。但是当娱乐成为复印机之后，娱乐就成了戏剧的唯一属性。"这是田沁鑫说的，所以田沁鑫的《四世同堂》，走的是没有泛娱乐化兵马的新现实主义。

言语也好肢体也罢，传统也好实验也罢，现实主义也好新现实主义也罢，归根结底，就是舞台不能与现实一样僵硬，舞台要让我们柔软。一次次的情景闪回与体验感悟，台上台下，都必须是柔软的主角。柔软是什么？柔软可以是武林之逍遥，无拘无束，随心顺意中挥洒自如，水到渠成，柔软当然也可以是武林之崆峒，粗犷雄浑，厚重扎实中拳拳到肉。

反之，寻根究底终归"天崩地裂豺狼死"，你想知道海水如何变成蝴蝶、菊花如何变成骨头，真相只有一个，那就是地老天荒，沧海桑田。问题是，你等得到吗？太解剖的话，不仅累己累人，生活也因之失却揣度与想象的味道，所以留点陌生的空间，留点欲究不究的情趣，凡事模糊判断比较好。世道迷离，价值不价值，都不能太当真，模糊判断还真是安身立命之道，因为即便是非，也还都没有绝对。

　　长长的雨季来袭，喜欢大雨滂沱那种照亮内心寂静与明净的清晰感知，也喜欢风雨欲来波谲云诡中另一种难以表述的模糊判断，何患？

27.迷离背影和远大前程

这些年，文艺演出一直都是春天。热闹的舞台，百花齐放，拉风的奇葩也尤为抢眼。

我们遭遇过《暗恋·桃花源》话剧和越剧混搭的新鲜之后，任何不伦不类或相得益彰都不足为奇。纯粹的交响乐奏响之际，梅葆玖唱起了京剧交响乐，崔健喊响了摇滚交响诗，周立波说开了曲艺交响书……《西施》《赤壁》在交响乐干净的音符与京剧抹音、滑音、打音的调和中，掌声和嘘声并起。我的家乡，潮曲也在交响乐中飘荡。

有人愤怒，简直在糟蹋艺术。

有人包容，西乐与中国传统民间艺术的结合未尝不可，只要在调式衔接、乐器搭配、节奏掌控中不断磨合。

崔健认为，摇滚有一种"在苦难中破后而立"的感受，需要古典音乐营造苦难的氛围来形成互补，所以"我想象中的摇滚乐章会更加交响化"。

周立波说："交响乐'跨界'，不是要把它的一只脚跨到音乐圈外，而是要让圈外人跨到行内来。用幽默的方式把交响乐拉下'神坛'，让观众知道古典音乐并非高不可攀……"

天雷地火，空间无限，能量无限。毋庸置疑，舞台确实正在各式各样的创新中走向成熟、走向丰满。声音中的电光火石，乐舞中的灵魂袒露，舞台生命深处的欢畅、慷慨、狂热、豪放和忧伤，巨大的魅力光照着城市的文化，光照着人们的内心。

我们都希望矛盾的生活真实和心灵现实，反映到舞台，能够是情真、景真、事真、意真。但诚然，你无法要求所有的舞台都能"澄至清发至情"，摧枯拉朽的进程中，总有没有想象只有复制和灌输存在。一些舞台，明明时代已经宽容地给予外在的自由，它偏一副内在有禁锢的小媳妇模样，它自己不给自己转圜的空间，你不能要求它驰骋和放任。

　　是晚看黄梅戏《雷雨》，人物内心的苦闷和灵魂的挣扎，在雕塑一般的动作造型，在蒙太奇的光影氛围中，扑朔，迷离。说不清楚喜欢或不喜欢，就是觉得迷离，那白墙灰瓦、门窗紧闭的徽派舞美的迷离。

　　宽阔的舞台，总是不时留下一个迷离的背影。

　　盛世的艺术风格无限多元，让人的审美趣味和审美期待刁钻难以伺候。

　　还好，舞台艺术之路宽阔，前仆后继，不断有探索不断有创新。即便，诚如美国美学家桑塔耶纳所言，"1000个创新里，999个都是平庸之作，只有一个是天才的产物"，创新的代价从来就高，但为了那一个天才的产物，对于999个平庸，还是必须有耐心，必须微笑，不只是用嘴，用眼睛，用全身的皮肤，还要用灵魂，用永远不同于从前的感官。这样，舞台才总会比之前更细腻、更沉静、更敏锐、更老练，也更感激。

　　这么说吧，迷离的背影，并不妨害舞台的远大前程。

28.舞台的第三只眼

　　你一双眼睛看到什么，舞台就呈现什么，这当然叫真实，但好的舞台不能只满足于真实，一味的真实只会流于平淡和啰唆。舞台需要有第三只眼。啰啰

　　像《命运建筑师之远大前程》这样的戏，就实在婆妈，太日常，太没有异军突起的脉象，或叫卖相。来两趟深圳，第2轮是升级版，时长3个多小时，按理是给观众送大礼，可是却不被接受。好些人都提早退场，不耐烦。总之，林奕华说每一幕都是高潮，我没觉得，幕幕都差不多，都是房子、工作、理想、现实这些话题的自慰。不怀疑林奕华说的，"这些都是时代的呼吸，没有办法回避，它们代表了我们生活在当下的焦虑和痛苦，我尝试着将它们表述出来，最终由观众自己选择，到底在自己的生活里什么才是幸福"，但诚如伏尔泰所言，"乏味的艺术，就是把话说尽"，舞台唠叨得像祥林嫂，甭指望还有半点留白，什么都要讲还反复讲。加上可有可无的打酱油时间过多，真实虽然真实，却不好看，没有一点给力的异化，也就流于平庸，失却了戏剧最重要的冲突内核，没有快感也没有痛感。米兰·昆德拉讲："我不准备去看我自己生活的不幸，我对生活的期待太高，我希望生活能给我一切，否则我就离开。"生活中的，他尚且不看，舞台一味地拷贝生活，还能看吗？

　　当然，啰林奕华的话剧，还是有他的哲学品格的，世界和人之间的陌生和别扭，思考是有的，譬如他想探讨的关于"建筑""前

程""失明"的隐喻，但是也许他的表达，更适合文字阅读的方式，戏剧之于他，是个雷区。文字深刻并不能替代戏剧深刻。相反，廖一梅的《柔软》盛情开放，好评如潮。有人说廖一梅的剧本不好读，确实，她正好和林奕华相反，她的句子拗口，但是适合专业演员诵念，佶屈聱牙的台词一羽化，舞台效果反而奇佳。《柔软》与《恋爱的犀牛》和《琥珀》构成廖一梅的"悲观主义三部曲"，颠覆的震撼相当独到，因此也才长演不衰。

第三只眼是什么？也许就是尼采说的"既不隐藏善，也不隐瞒恶"的三维，也许就是陀思妥耶夫斯基那种对人的"灵魂挖掘得深"的高明，那种能在一个罪犯的"罪恶的深处拷问出洁白来"的立体，也许就是卡夫卡那种在一个无罪者的身上揭示出他的罪恶来的辩证，也许就是迪伦马特那种突如其来的精神围攻，震动出一个自以为无罪的人的有罪意识，甚至愿意用自己的生命来赎回自己的罪恶。

第三只眼当然不是匠人的重复习性，起码应有艺术的创造本色。第三只眼就是要让戏剧在精神领域捣点乱子，因为规规矩矩的东西实在不能叫作戏。

所以，无论戏剧还是音乐，高雅与低俗并不是好坏的标准，好坏的根本在于是否能洞悉心灵，这是第三只眼的功效。

发自内心喜欢看戏的人，大多都是游弋于世外，更多地审视人生的人，他们在戏里过滤和沉淀，让心灵更具空间。好戏的人当然也是有癖好的，因为他们有博观和学识，他们喜欢自然而高妙的情趣和气质，他们才喜欢在舞台流浪，在琴弦流浪，在心灵流浪……

人都是多重人格和有各种心理因素引起的人格障碍的。各重人格彼此之间独立、自主，却又作为一个完整的自我而存在。所以舞台能否余音绕梁不太重要，重要的是能与多重人格摩擦和呼应，契合和共鸣。舞台的效果，必须有超越日常、不受拘束、俊逸奔放的气质和风格。我就特别爱看那种有纯和之气、淑灵之气、玄妙之气、清明之气、休懿之气的戏，我对那些能让人"清明在躬，气志如神"的舞台顶礼膜拜，"深衷浅貌，短语长情"，思深远而有余意，言有尽而意无穷的深情远意，才是好戏，才能让人交错于中。

　　所以，舞台用来流浪的时间，用来歌唱的灵魂，用来遗忘的生命……第三只眼是必须敬畏的。

29.文质相称的"古诗十九首"

　　"人生一世，草木一秋。"寥寥八个字浓缩了千百年来中国人，特别是中国文人的生命意识。一个悲怆的音符总在他们心中跳动、激荡。听听他们的哀叹——庄子："人生天地之间，若白驹之过隙，忽然而已，"屈原："日月忽其不淹兮，春与秋其代序。惟草木之零落兮，恐美人之迟暮。"宋玉："四时递来而卒岁兮，阴阳不可与俪偕。白日腕晚其将入兮，明月销铄而减毁。"……而"古诗十九首"，这个音符则完全成为一个时代的主调。

　　"古诗十九首"最早收录于梁代肖统编的《文选》，但其作者和时代则被钟嵘断为"古诗眇邈，人世难详"，不过大体都认为是东汉末年一帮中下层文人所作，他们共同书写的是对生命觉醒的痛苦，痛感人命如草的同时又存着一种对失落了的人生价值的追寻。

　　《青青陵上柏》的"人生天地间，忽如远行客"，《今日良宴会》的"人生寄一世，奄忽若飙尘"，《驱车上东门》的"人生忽如寄，寿无金石固"，《回车驾言迈》的"人生非金石，岂能长寿考"……人生有限，生命脆弱，草木的因时盛衰，让他们触目惊心，所以，《回车驾言迈》的"所遇无故物，焉得不速老"，《明月皎夜光》的"白露沾野草，时节忽复易"，《东城高且长》的"四时更变化，岁暮一何速"……如此的悲催与忧郁，既是心语，也是心狱。

　　梁启超说："他们的人生观出发点虽在老庄哲学，其归宿点则与《列子·杨朱篇》同一论调。不独荣华富贵功业名誉无所留恋，乃至

'谷神不死''长生久视'等观念亦破弃无余。'服食求神仙，多为药所误，不如饮美酒，被服纨与素''愚者爱惜费，但为后所嗤，仙人王子乔，难可与等期'，真算把这种颓废思想尽情揭穿。"但我以为，是否真将"长生久视"的观念破弃无余暂且不说，讲到对荣华富贵、功业名誉无所留恋，却未必尽然。不然《今日良宴会》为什么"何不策高足，先据要路津"？《回车驾言迈》何必"奄忽随物化，荣名以为宝"？认识到"长生久视"之无望，从而悲观沮丧，貌似极端消极，但不做荒诞之举，也是一种积极的精神状态，实际上渗透着清醒的意识和务实的精神，清醒而不信"长生久视"，务实所以执着于生的享受。他们"文温以丽"，他们的精气神，该是"意悲而远"，寄慨万穷之余又悲中带旷。

不妨将其与作为汉代"一代之文学"的汉赋做些比较，从"文质相称"的角度来看看他们的文人气质。

汉末魏晋之世，老庄之学渐兴，那在春秋之世早就问世的"人的自觉"，遂相应地向自然生命的本然回归，这就是生命意识的觉醒。但这种觉醒是痛苦的，从人文心理讲，生命意识的强化，就意味着死亡恐惧的强化。"古诗十九首"产生于汉末这样纷乱动荡的社会，在"饥者歌其食，劳者歌其事"，"感于哀乐，缘事而发"的乐府诗之后，恢复了言志抒怀的传统，真实地表达了时代的苦闷以及诗人的志趣和感情，一反汉赋"控引天地，错综古今"的功利，对现实的感喟，对人生的态度，对思念的抒写，都是真切的，而真切的感情来自对乱世的怨愤，这是歌功颂德的对立，继承的是诗、骚对现实的批判态度，是"穷而怨"的表现。

诗人不像汉赋那样"包括宇宙，总览人物""衔笔而腐毛"，殚精竭虑地以华丽辞藻来弥补感情，他们不描绘宫室之壮、田猎之盛、游宴之欢，他们不以铺张扬厉、罗列奇字为能事，真与悲共生，情与悲互补，那种朴实厚重的感染力，是一种接近原生态的美，所以钟嵘的《诗品》评价其"惊心动魄，可谓几乎一字千金"，毫不为过。

诗人所抒写之怨愤、悲愁、苦闷、不平、相思、情谊，都围绕着时代的主题，都可看到社会的折光。文人们的感情、思绪尽管还受到几分制约，但仍是真切的显露，是直抒胸臆的。他们通过闺人怨别、游子怀乡、游宦无成、追求享乐等等内容的描写，表现了浓厚的感伤情绪。他们就是诗中所谓"游子"和"荡子"，为了寻求出路，不得不远离乡里，奔走权门，或游京师，或竭川郡，以博一官半职。他们长期出外，家眷不能同往，彼此之间就不能没有伤离怨别的情绪。这对思妇来说，就会有《行行重行行》的"浮云蔽白日，游子不顾反"，《青青河畔草》的"荡于行不归，空床难独守"，《涉江采芙蓉》的"同心而离居，忧伤以终老"，《孟冬寒气至》的"一心抱区区，惧君不识察"这样的叹息。对游子来说，就会有《去者日以疏》的"思还故里间，欲归道无因"，《明月何皎皎》的"客行虽云乐，不如早旋归"这样的唏嘘。无论游子或思妇，他们的企求和怨艾，真到了毫不掩饰的地步，"古诗十九首"胜的就是这么一种"真"，诚如王国维《人间词话》所言："'昔为倡家女，今为荡子妇。荡子行不归，空床难独守。''何不策高足，先据要路津。无为守穷贱，坎坷长苦辛。'可谓淫鄙之尤。然无视为淫词、鄙词者，以其真也。"这种以直语表达的真情，成就了一种"不隔"的境界，我们可以直接感到这些中下层文人的思想和意愿，而不像在皇皇大赋面前，被铺张、夸饰、奥博所震慑，而实际却无所感触。刘熙载的《艺概·诗概》讲："十九首凿空乱道，读之自觉四顾踌躇，百端交集。诗至此。始可谓其中有物也。"这就是被不隔的境界、直率的真情所激发的感慨。

　　至此，我们又可以明白"古诗十九首"为何被推为"一字千金"了。因为它从"天"的文学、帝王的文学返回"人"的文学的同时，也从"合纂组以成文，列锦绣而为质"中返璞归真，回到现实，从陈陈相因、竞相模仿的风气中回到本原的真与美。所谓"文质相称"，讲的就是它对现实所做的概括准确而精深，简朴清新的语言传达了生活的真谛。

王充的《论衡·自纪》说："饰貌以强类者失形，调辞以务似者失情"，"古诗十九首"一反"饰貌"与"调辞"，合乎王充《论衡·超奇》的"文自胸中而出，心以文为表"，情兼雅怨，体被文质。读时，总感到它并没有什么奇辟之思与惊险之句，用的不外是最质朴的语言、最平易的句法，完全不尚雕饰。它不像曹植《箜篌引》的"惊风飘白日，光景驰西流"，它是朱自清《经典常谈·诗》讲的"平平说出，曲曲说出""自然达意，委婉尽情"。以《青青河畔草》为例，"青青河畔草，郁郁园中柳。盈盈楼上女，皎皎当窗牖。娥娥红粉妆，纤纤出素手。"读来普普通通，没有鬼斧神工，却是一幅草青柳绿的春景图和红装素手的美女图。清人张庚《古诗解》赞"古诗十九首""组语《风》《骚》，钧平文质，合和平之旨。义理声歌，两用其极，故能绍已亡之《风》《雅》，垂万祀之规模。"陆时雍《诗镜总论》评"古诗十九首""深衷浅貌，短语长情"。

而始以"气"论文者曹丕，他提出"文以气为主"，并以"气"评述文人，在他看来，"文气"与文人的气质给人的感受是一致的。他说刘桢"公干有逸气"，指的就是刘桢不受拘束、俊逸奔放的气质和他的诗文风格。又说孔融"体气高妙"，说的是孔融有度越常人之气，故其为文，亦为他人所不可及。之后，汉末、三国时代以"气"说明人的气质、才能的例子很多，如陆绩《述玄》论扬雄"受气纯和，韬真含道"，蔡洪《与刺史周俊书》论严隐"禀气清纯"等等，当时所谓纯和之气、淑灵之气、玄妙之气、清明之气、休懿之气……都用以称道人物纯正美好的品格和高度的智慧，当时凡言人性，常以清者为贵。《礼记·孔子闲居》早就说过，"清明在躬，气志如神"，刘邵《人物志》也说，"气清而朗者，谓之文理。文理也者，礼之本也"，可知，禀清气者才性清明，为文便爽朗动人。

"古诗十九首"的文人，正是有此等"清气"。

《迢迢牵牛星》是一首思妇诗。"终日不成章，泣涕零如雨"，虽然机杼声札札，却终日也未能织成经纬，反而让悲伤的眼泪打湿了衣衫。饶学斌《古诗十九首详解》说："摹写'思'字，复全用画家写意法，'泣涕零如雨'，不言'思'而思字令人于言外得之。"而末四句，"河汉清且浅，相去复几许？盈盈一水间，脉脉不得语"，更是方东树《昭昧詹言》点评的"不着论议，而咏叹深致，托意高妙"，不动声色却语浅情深，不发议论而意蕴隽永，不设咏叹而感叹深邈。魏晋袁孝尼《才性论》说得好："物何故美？清气之所生也。"思深远而有余意，言有尽而意无穷，正如梁启超《中国之美文及其历史》说的，"全在意内言外，使人心醉"。所谓"文质彬彬，然后君子"，所以胡应麟《诗薮内编》"千古元气，钟孕一时"，钟嵘《诗品》"人代冥灭，而清音独远"的评价，毫不为过。

清从何来？"古诗十九首"的文人们在政治前途的憧憬中游弋于政治之外，无奈做了旁观者，他们更多的不是审视政治，而是审视人生。他们从容涵咏，偶尔的高亢，也依然是浓烈的生命忧患。他们笔下，常是夜空中的天象：明月夜光，众星历历，迢迢牵牛，皎皎河汉，三五月满，四五兔缺；常是秋冬的节令：回风动地，凉风率厉，凛凛岁云，胡马北风，孟冬寒气，北风惨栗；常是衰朽的景物：白露野草，秋蝉鸣树，悠悠长道，白杨萧萧，东门广陌，郭北立坟……这一切，是冷色的，是悲壮的，衰朽、没落、死亡的氛围中，他们发出那些人生无常、生命短促的感喟："人生寄一世，奄忽若飙尘""所遇无故物，焉得不速老""浩浩阴阳移，年命如朝露"……他们眼中的时空，常常形成强烈的反差：《行行重行行》"相去万余里，各在天一涯""思君令人老，岁月忽已晚"，《回车驾言迈》"四顾何茫茫，东风摇百草""所遇无故物，焉得不速老"。越是广袤的空间，越是无形的压抑，他们或许更希望化万里为咫尺，变茫茫为一粟，以满足与天地共存的期冀。可是实际上，季节的转换是《生命不满百》的"昼短苦夜长，何不秉烛游"，青春的凋零是《冉冉孤生竹》的"过河而不采，将随秋草萎"……人生苦短已是何等的悲哀，何况还有《青青陵上柏》"洛中何郁郁，冠带自相索"，《明月皎夜光》"昔我同门友，高举振六翮。不念携手好，弃我如遗迹"这样的政治黑暗，于是，即便关乎音乐的《西北有高楼》，也是"不惜歌者苦，但伤知音稀"，王世贞《艺苑卮言》一句"其趣愈卑，而其情益可怜矣"的点评，让人扼腕。《黄帝内经》讲，"五脏六腑，皆以受气，其清者为营"，清就是这么来的吧？

因为清，所以不。他们在语言的运用上有一共性是喜用"不"字：不顾、不为、不惜、不归、不念、不采、不成、不得、不早、不寐、不如、不处、不灭、不解、不能、不识察，和此相类的还有无为、无因、无衣……否定的语言形式，让清更为深切。

他们还大量化用古语。《凛凛岁云暮》的"凛凛岁云暮"化用的是《诗经·小雅·小明》的"曷云其还，岁聿云暮"，《行行重行行》的"与君生别离"化用的是《楚辞·九歌·少司命》的"悲莫悲兮生别离"……清是韩偓《惜花》"皱白离情高处切，腻红愁态静中深"那么一种情趣气质，清必须有博观和学识为依托，清必须是刘勰《情采》的"彬彬君子"。"古诗十九首"这一帮佚名文人，他们翰墨一生，携书挟卷。

他们气清意悲，但是怀疑与探索让他们的格调旷远。

清人刘熙载《诗概》说，"古诗十九首"与苏、李同一悲慨，然"十九首"兼有豪放旷达之意，与苏、李之一意委曲含蓄，有阳舒阴惨之不同"。是吧，你看《青青河畔草》充满生气的六对叠字：青青、郁郁、盈盈、皎皎、娥娥、纤纤，展现的是多么明丽的图画，你看"涉江采芙蓉，兰泽多芳草""庭中有奇树，绿叶发华滋"是多么令人向往的自然美景，你看长衢夹巷，郁郁洛中，高楼齐云，绮窗交疏，都市的生活是多么使人留恋，你看斗酒相娱，驱车策马，筝奋逸响，歌发情商的及时行乐是多么使人快意当前，你看客中游子、闺中思妇，互相思念，致书赠绮的诚笃爱情是多么让人眷恋……物质的"色"与"声"，精神的"情"与"谊"，都以温柔的暖色呈现，生活毕竟仍然还有美好的值得留恋的一面，甚至于他们在清醒地认识到"服食求神仙，多为药所误""仙人王子乔，难可与等期"的同时，高唱"不如饮美酒，被服纨与素""昼短夜苦长，何不秉烛游"，这一切都是因为在对死的哀叹中，更有对生的追求，这依然是积极的人生态度。《今日良宴会》还有"何不策高足，先据要路津"的政治愿望，《回车驾言迈》还有"荣华以为宝"的人生理想，《客从远方来》还有"著以长相思，缘以结不解"的夫妻情深……他们真切地正视生活，即便现实只有失望，即便愿望不过是空洞的表达，即便理想从来都是精神的寄托，即便《东城高且长》的"荡涤放情志，何为自结束"不过是种无奈的放脱，但，他们的悲凉，绝不是庄子式的消极无为，你可以说他们"强作旷达，正是戚戚之极者也"，但你不能否认他们"情真、景真、事真、意真，澄至清发至情"的拟容取心与穷形尽相之中，种种非现实的希冀依然在心中鼓动着想入非非的翅膀，觉醒了的生命个体深深陷入无解的精神寻觅之苦，成就了他们悲远怨深而又清朗豪旷的精神气质。